Ese tiempo que tuvimos por corazón

MARIE GOUIRIC
Ese tiempo que tuvimos por corazón

RANDOM HOUSE

Papel certificado por el Forest Stewardship Council®

Primera edición: mayo de 2024

© 2023, Marie Gouric
© 2023, Penguin Random House Grupo Editorial, S.A., Buenos Aires
© 2024, Penguin Random House Grupo Editorial, S.A.U.
Travessera de Gràcia, 47-49. 08021 Barcelona

Printed in Spain – Impreso en España

ISBN: 978-84-397-4381-1
Depósito legal: B-3.031-2024

Impreso en Liberdúplex (Sant Llorenç d'Hortons, Barcelona)

RH 4 3 8 1 1

PRIMERA PARTE

Para qué buscaríamos al ladrón. Si el viento que viene desde el río y azota con su fuerza indomable las casas, se muestra como el principal en quien desconfiar. Después podríamos sospechar de la necesidad de algún vecino. Quedar bajo el cielo sin reparo. Tener la certeza de que cada condensación húmeda terminaría aferrada con un amor oscuro a nuestras cosas. Y que el tiempo sería una batalla contra el destino de enfriarse, pudrirse, mancharse, perder el brillo y el color.

Sin embargo, hoy salió el sol, quien será siempre nuestra estufa y sonrisa. Los días con él fueron azules por encima de nuestras cabezas. Llevábamos todo afuera a secar y lo recostábamos con ternura en una siesta sobre el pasto. Tendidos las telas y los papeles, en los arcos de fútbol y en los alambrados, eran nuestras banderas. Dentro de ese paisaje, dibujábamos y escribíamos con lápices sin buena punta y ojos resistentes a la ceguera que produce la luz reflejada en las hojas blancas. Comíamos galletitas y tomábamos manaos. A la sombra de una acacia, nos sentábamos a hacer panza llena, mientras leíamos poemas y saboreábamos el perfume del fuego de algún vecino, que cocinaba su alimento.

Todo tiene un principio. Llegué porque buscaban una voluntaria para la clase de escritura, donde iban muchos que no sabían escribir. Me dijeron: Para que los mires, como si fuera una tarea posible solamente mirar. Y así dejaran hacer tranquilos a los que sí sabían. Molestaban, pero no se podía echarlos. El lugar era de todos, es decir, de esos que iban a la clase a escribir o a agarrar el lápiz y moverlo para volver la línea un cabello crespo. Llenos de deseo de volverse un código descifrable, caían los rulos de distintos tamaños sobre las hojas.

Mi título de maestra era una herramienta y las herramientas se usan para construir. A veces forma parte de la construcción romper algo. Por ejemplo si digo: No tengo suficiente luz del sol, la casa está fría; habrá que buscar poner una ventana en el lado norte de la casa, el punto cardinal que más energía solar recibe. También puede ser un ejemplo Lucila, que decía y escribía abujero. Después de practicar y pronunciar, y ver la palabra escrita en un papel, sacó esa palabra mal aprendida y contenta repitió en su cuaderno: agujero. ¿Le habrá entrado un brillo de sol distinto?

Ese estudio llevaba conmigo, misma manera quien me lo dio, mi papá, llevó con él siempre su caja de herramientas, sus manos y su cuerpo todo que era, como nacido para la fábrica. Y es que la única ternura que me hizo fue decirme: Estudiá, hacete un oficio. En realidad hubo otras: me compartió el taladro y me mostró cómo usar la amoladora sin temerle a los chispazos. También alguna vez soldamos juntos y alguna otra vez encarnamos. Flotamos sobre el frío de la ría y en silencio pedíamos pescar una corvina que luminosa dijera profecía de cuánto mejoraría nuestra suerte.

En un barrio afuera de la Ciudad, separados de ella por un río. Construido de líneas de calles sin cañerías, ni asfalto ni cloacas, que trazadas por los vecinos a la orden de la intuición y la necesidad no figuran en los mapas. Al margen del camino de la ribera, en un terreno grande y libre, rodeados de casas de láminas galvanizadas y ladrillos huecos. Junto a una cancha con sus dos arcos de fierro y la sombra de una adulta acacia negra. Éramos las paredes y un techo cielo de chapa con las trampas abiertas por el óxido para cautivar el sol. El portón de alambre tejido. Una cadena con candado. La llave plateada perdida en mi bolsillo.

Dentro éramos los bancos largos de madera. Una tabla redonda de aglomerado sobre dos caballetes, que usábamos de mesa. El suelo apisonado pedía agua para quedar manso y dejarse barrer.

La estrella del salón era un puestito con mostrador, vitrina, ventanas y puerta, que supo ser negocio con ruedas para la venta de café, gaseosas, sánguches y panchos. Y ahora era un carro, un aula dentro de ese rancho que era nuestra escuela, una casita, una guarida donde esconderse y dejar nuestros tesoros:

lápices, hojas, cuadernos, un equipo de música con parlantes. Telas y cuentas de colores. Perchas colgando desde el techo con disfraces y móviles de cubiertas de bicicleta. Libros de historias y manuales viejos con las Ciencias, la Lengua y las Matemáticas contadas como cuentos con dibujos y palabras fáciles.

Éramos también un tanque de plástico azul y su capacidad de recibir 200 litros de agua de lluvia y de la intendencia. Ahí la tierra todavía no había sido enamorada por ningún laberinto de metales huecos que trasladara el agua hasta caer con fuerza, armando puntillas cristalinas sobre las manos en forma de cuenco para recibirla. En vez de eso, un camión la repartía una vez por semana. El milagro era la lluvia que caía sobre los tanques y multiplicaba los baldes cargados para lavar ropa, platos y ollas. Las caras, las patas, las manos y los cabellos. Si tranquilas estaban las crianzas, para atrás les tiraban las cabezas y en un tarro el agua era echada para que hiciera su magia el champú. En cambio, si eran reas, para adelante sus cabezas, que la catarata les taponara el llanto.

Si bien no se veía, llevaba bajo el brazo mi estudio de maestra, y esa era mi única herramienta. Al decir herramienta, no hablo con una lengua invisible como cuando se dice herramientas para pensar tal situación o para actuar en tal otra. Herramientas pedagógicas, herramientas del idioma, herramientas para el análisis. Digo herramienta como quien nombra martillo, pinza, cortafierro y pico de loro. Sierra y diferentes medidas de llaves, que de un lado son fijas y del otro tienen anillos para aflojar tornillos y tuercas. Hablo herramienta y digo como quien dice estas cosas pero también mis manos, que sirven para amasar, cortar papel, apretar. Dirigir otras herramientas, agarrar otras manos, ayudar a poner una campera, servir el yogur y sacar piojos.

Mientras hacíamos en una clase pregunté: Mis manos son herramientas, ¿para qué sirven? Para golpear, se rieron y se repartieron golpes. Después dijeron: Para aplastar, y divertidos se dieron palmadas duras en las cabezas. ¿Y para qué más? Agarrar la taza. Escribir con el dedo si le pongo pintura. ¿Y qué más? Robar. Rascarme. Aplaudir. Conducir bicicleta. Clavar un ojo. Partir el pan. Acariciarle la cara a mamá.

Cuando en la clase pintábamos, hacíamos aljibe. Hundir el balde en el tanque, romper el espejo quieto y oscuro del agua, y sacarlo por la mitad. Bajarlo al piso y agacharnos a bucear en él los tarros y los platos que usábamos de paletas. Para limpiar los pinceles los llevábamos al fondo del agua y sobre nuestras palmas estregábamos las cerdas, que abiertas se volvían flores y corales liberándose de los últimos perfumes del color.

Las pinturas perdían pronto el brillo del primer momento. El material seco se volvía triste. El rastro de los lápices viraba a transparente, escritura de niños fantasmas. Les pasaba por encima el tiempo dentro del puestito de madera, donde una gotera tenía el poder de herir las cosas.

Una vez tuvimos suerte. En la noche una fábrica sacó a la calle bolsones hinchados con pequeños retazos de telas estampadas: lunares, rayas, flores, calaveras y formas geométricas. Se desbordaban hacia el cordón y resplandecían en la oscuridad como estrellas caídas al suelo. Nuestro tesoro dormía. Sin despertarlo lo alcé y caminé dos veces hasta mi casa hasta conseguir llevarlo todo. Me agaché para levantar la primera bolsa y miré hacia arriba agradecida. En la segunda, miré hacia los costados, no fuera que alguien me viera revolver entre la basura, que al final eso era todo y lo que yo estaba haciendo. Ahí empecé a entender que de esto también trataría la tarea de una maestra: tocar lo que no es de ella ni de nadie, como si se creyera Cristo cuando revivió a Lázaro, con las manos teñidas de roña en la búsqueda de qué resucitar.

Varios viajes demoré en llevar el botín a la escuelita. Sí, le decíamos escuelita porque tenía todo lo que tiene una escuela. Alguienes que aprenden y alguienes que enseñan. Bancos, mesas, pizarrones y trapos que nos hacían de bandera. Guardapolvos viejos para no mancharse cuando pintábamos. Parecían cueros de estar tendidos, mojados por la lluvia y secados por el sol. Enjuagados por la humedad que susurra el río y acartonados por el viento que viene de él también. Quien los vistiera podía sentirse torpe y mal disfrazado. De ahí que nunca los usaban y la piel es lavable pero la ropa un problema. Escuchaba: ¡Mi mamá me mata!, y corría por un trapo. Buscaba su punta más decente, la hundía en el balde y restregaba el accidente sobre la prenda. A veces conseguía aclararla, pero igual quedaba ahí para siempre.

Si supiéramos cómo sobrevive la ropa en este mundo. Casi nada se sabe hasta que un día abrís los ojos y decís: Ahí supe. Así fue para mí cuando el Potro andaba con su buzo que recitaba: Egresados Escuela Secundaria del Fin del Mundo. Un buzo viejo viajó de lejos, le dije. Y los más bajitos se rieron. ¿Quién hace la resta para saber cuántos años tiene? Otana anotó en el pizarrón el cálculo. La ayudamos entre todos: Si pide 0 y tengo 0, ¿cuánto me queda? Y si pide 0 y tengo 1, ¿cuánto? 1. ¿Y si pide 2 y tengo 2?

El resultado nos contó una historia en la que el primer dueño del buzo sería diez años mayor a ese día cuando se liberó de timbres y carpetas para siempre. Entonces era la prenda la que tenía diez. ¿Y cuánto viajó? Buscá un manual, Potro, mandé, y buscamos el mapa y las distancias del algodón que lo abrazaba. ¿3078 kilómetros?, leyó Cristina. ¡Buzo viejo viajó de muy lejos! Empezaron a cantar, de a saltos subidos en los bancos y con palmadas sobre la mesa. Lo que no teníamos manera de saber era cuántas espaldas había abrigado antes de venir a cuidar al Potro.

Tenía lo que tiene una escuela, menos aulas distintas. De ahí encuentro que le decíamos en pequeño. Ismael, el vecino que nos cedía el lugar, se lo prestaba también a otros, y todos hacíamos uso y desuso. A veces tomábamos algo que no era nuestro, pero tampoco parecía de nadie. Así pasó con una caja de botones, que estuvo meses tentándonos la mano, con sus formas y sus brillos, hasta que hice caso a la tentación. Si también alguna vez llegamos y algo que era nuestro se había ido. Y fue tanto que rindieron para collares, llaveros, apliques en gorras y pulseras. Qué fiesta.

Entregaba tres a cada uno y un hilo. En general no les dejaba elegir, para que no se pusieran pesados, que ya eran, y se tiraran en mi contra: bruja, mala, rata. Pero en alguna ocasión a uno de menos edad le daba permiso para que lo hiciera, porque pensaba en mis adentros: Pobre, es chiquito. Los grandes se volvían sus enemigos: Qué te haces el bebé, bastardo, si nadie te quiere. Entonces me veía obligada a amansarlos con un botoncito extra para cada uno. Seríamos unos 12 y yo daría 3 botones, unos 36 botones sería que daba. Para apaciguar, 1 más a cada uno, gastaba. 12 + 36 = 48 botones. Un valor alto para nuestra caja, que parecía reproducirlos a toda prisa, porque nunca se acababan. Después ya concentrados en el asunto, venían de a uno con sus cuentas enhebradas en el hilo y decían: Dame más, Seño. Por favor, pedía yo mientras metía la mano entre mis monedas de oro, elegía una a lo que toca toca la suerte es loca, y acostaba un brillo en la mano pequeña que se abría, esperaba y recibía ese valor para volver a su banco enriquecida.

Nací un jueves santo en la tierra del diablo, así la llamaban los indios, porque nadie puede vivir acá, explicaba mi mamá. Por el viento, la helada y el suelo, que seco se confunde con la cal. Sin embargo, ella se casó con su marido y para hacerlo le siguió el trazo desde la Ciudad hasta allá. Tenían su casa mitad membrana mitad techo de chapa, bajo la pollera de una pequeña fábrica que les daba de comer.

Cuando la mujer que me nació quedó de mí, no gustó de la imagen de tenerme. No es que no quisiera tenerme, sino que estaba triste. Extrañaba a su mamá y tenía mucho trabajo con mis hermanos. Se sentía sola. Pero nací, porque lo que no se interrumpe nace, y siempre la escuché decir: Quiero volver. También decía: Quiero trabajar, pero su esposo le decía: Mejor quedate en la casa, cuidá los chicos. En cambio él habló para mí, su hija: Estudiá, hacete un oficio, lo cual me hizo pensar: Aprendió. Y tal vez por eso elegí ser maestra, porque aunque él se decía a sí mismo: Soy un ilnorante, solo sirvo para trabajar, yo vi otra cosa. Fui testigo de ese andar del pensamiento que finalmente enciende un sol de noche y resplandece.

A su mujer amenazaban con llamarla enferma, por la tristeza. En un cuaderno se quedó siempre copiando las mismas letras. Repasándolas y borrándolas hasta agujerear sus hojas. Quiero volver, decía y luego enumeraba: la gente es simpática, están mis primos, el viento apenas una brisa y la humedad se da muy bien con las plantas; mientras nos atajaba el hambre con empanadas de arroz y trenzas de polenta, que cocinaba en el horno para calentar la casa. Nos crio cachorros fuertes de su fiera, dura y fabril. La miré como solo un hijo mira a su madre, con la división cuidadosa que estudia cada movimiento y perfume. Y fue tanto que la quise, que le estiré la piel y se la mastiqué para parecérmele un poco, en la tristeza pero también en ser hermosa sin monedas. En quererme ir. Ahí será que volví para cumplir su deseo cuando por la costumbre lo había olvidado. Apenas conseguido mi título bajo el brazo, me subí a un tren a la Ciudad. Ella entonces se enojaba: Te vas, por qué te vas. A veces mi papá igual se confundía, decía: Hiciste todo lo contrario a lo que te enseñamos.

El gris parecía estar tomándolo todo y eso me desanimaba. Por eso al encontrar las telas, sus colores abrieron una ilusión, sobre la que pude ser valiente y sentir certeza, materiales invisibles necesarios para enseñar.

Las maestras enseñamos los colores como adjetivos y no prestamos atención a los sustantivos que adjetivan los colores. Usaré ejemplos para hablar, los grandes aliados de cualquier cosa que intenta hacerse entender.

Está el gris ceniza, el percudido, el de corvina que ya sacada del agua y pasado el rato pierde el brillo. El gris plomo era un color que atrevido atinaba a tomarlo todo, una niebla que entraba entre las casas mientras todos dormían. No le alcanzaba con las chapas, el cemento fósil entre los ladrillos o el portland que algún albañil había alisado con mano de repostera. Tampoco con la calle de tierra, ni el asfalto del camino de la ribera. Quería más. Se veía debajo de los bancos, pegado en los cuadernos, entre los lápices y en las pinturas de mis chicos. Escondido en sus uñas, sus pieles, sus rodillas y nudillos. A sus melenas, que brillaban como bañadas en miel, las rodeaba un viento de corvina. En mí no sé cómo se veía, espejo no teníamos, y cuando una no tiene espejo se refleja en quienes se encuentra, entonces yo que estaba con ellos sentía que nos veíamos igual.

Empecé como voluntaria, pero pasado poco tiempo me llamó la inventora y cuidadora de nuestra escuelita, a quien los chicos le decían Directora. Dijo: Me quedé sin maestras, y preguntó si podía ocupar ese lugar.

No hacía un año había llegado a la Ciudad a buscar suerte, pero no de la loca que lo que toca toca, sino, por lo contrario, para salir de esa. Encontrar una buena conmigo, que me tratara bien y mejor, y me diera para elegir. Ahí que cuando la Directora me llamó, yo entendí que sería una suerte cuerda la que me hablaba, y dije sí con alegría. Tenía mi título bajo el brazo y al fin iba a poder hacer de lo que había estudiado, una maestra, y no estar solo yendo a trabajar de moza. Una maestra recién recibida, hasta que hace puntaje para que le asignen cargos seguros dentro de las escuelas, pulula en otros trabajos si tiene necesidad de trabajar. Y en general quienes estudian de maestra tienen necesidad de trabajar, si por eso estudian.

Esta iba a ser mi primera tarea de la enseñanza, una sola vez por semana y podía combinarla con otras cosas. Me pagarían 100 por cada clase. Cada vez que fuera anotaría, y cada cuatro veces avisaría, para recibir 400. Me hizo alegría porque de moza ganaba 80 cada vez y tampoco pagaban si no ibas aunque fuera por enfermedad. Incluso cuando estábamos en medio de la jornada y alguna se sentía mal, el dueño si era de buen corazón era capaz de decir con cariño: Si querés ir, anda sin problema. Pero se sabía que quien se iba nada recibía. Así que una se quedaba. Se limpiaba la nariz con las servilletas de telas que ya estaban para lavar y dormía unos minutos en el depósito, recostada sobre cajas, para hacer correr un tiempo que no termina nunca. Un sueño superficial y alerta, que al despertar produce confusión y dolor de cabeza.

La primera vez que cumplí las cuatro, avisé y pasé a buscar la paga. Recibí 100 pero verdes. Fue una alegría, pero una tristeza. No tenía idea de cómo hacer y sentí vergüenza de preguntar por mi ignorancia. Siempre que escuché de verdes eran para comprar casas o ahorrarlos. Así que los enrolé y guardé dentro de un alhajero herencia de mi abuela. Una cajita de madera. Mis cositas, escrito en la tapa con marcador en letras cursivas y una figurita de una niña sentada sobre el pasto.

Embravecidas las aguas del río, desde las que el viento fingía nacer por primera vez, soplaba una llovizna y con ella tocaba su música sobre el techo. Las nubes condensadas se revolvían veloces y bajaban hasta el suelo. Para el frío, movimiento. Corrimos afuera y juntamos chauchas de la acacia negra noche para llorar está hecha. Las acostamos sobre la mesa y comenzamos a pintarlas con témpera.

Mi mamá es de Corrientes, dijo Lucila. Ahí hay mar, ¿que no, Seño?, contó su hermano Nano. Será río que hay: el Uruguay y el Paraná. Ma sí, Seño, es lo mismo, se quejó Cristina. No es. A ver, ¿quién conoce el mar? ¿Vos, Cristina? ¡Yo conozco!, interrumpió la Jai. Bah, acá enfrente, aclaró mientras hacía qué me importa con los hombros. Qué va a conocer, acá nadie conoce, Seño, previno Cristina. Bueno, por eso, ese es río. ¿Y cómo es el mar? El mar es gigante, tiene olas grandes y de espuma blanca, porque el agua es salada. Guácala, sacó la lengua Lucila. Tiene mucha agua que se mueve con las mareas y las mareas las dirige la luna. ¿Como un árbitro, Seño?, preguntó Nano. En realidad es como una conversación entre el sol y la luna. La luna es la que habla más alto y las mareas se mueven cuando los escuchan hablar.

¿Y qué dicen?, curioseó la Jai. ¿Qué dicen?, le volví a preguntar, y se quedó pensativa recostando su cabeza sobre sus brazos en la mesa. Nosotros lo vimos en la tele, aclaró Nano. Esperá, Seño, cuando sea grande voy a ir. ¡Claro que vas a ir, Potro! Si de acá no es tan lejos. ¿Vos, Seño, conocés? Conozco, en donde nací hay una playa cerca. ¿Vos, Seño, no vivís con tu mamá? No vivo. Callate, Lucila, chusma. Está bien, Cristina, si estamos conociéndonos. ¿La extrañás, Seño? Yo si estoy lejos de mi mamá me muero. Qué hincha que sos, Lucila. Qué tiene, dejame. Dejala, Cristina. Sí, la extraño. Capaz un día te puede visitar y nos visita también a nosotros. A mi papá le explotó la panza, Seño, contó el Potro. ¿Y lo extrañás?, preguntó Lucila. Nena, eso no se pregunta, dijo Nano. ¿Qué tiene? Yo extraño mi abuela y mis primos en Corrientes. ¿Lo extrañan?, repitió a los hermanos. El Potro que contaba seis dijo sí. Cristina que tenía nueve se quejó: Ma sí, estaba todo el día borracho. La Jai, que siete, se escondió con los ojos afuera, bajo la lluvia que sacudía la acacia.

Mostrame, ¡mezclaste todo! Se te hizo marrón medio gris, Potro. Me gusta el marrón, Seño. Bueno, pero ni un color te quedó. El marrón es un color. Cierto, pero tenés que elegir qué mezclar y qué no mezclar. Elegir es la clave mientras se puede. Si querés marrón, te hacés en un costadito del plato y dejás los demás. ¿Sabés los colores? Qué va a saber este burro, se quejó Cristina. Yo también me los sé, se apuró Lucila, te los digo. Qué creída que estás, gorda, la calló Cristina. Bueno, Cristina, si gorda ¿cuál problema? y a mí me gustaría escuchar al Potro, que todavía no lo han dejado hablar. A ver, me volví mostrándole los tarros de témpera, señalá el rojo. Bien. Y el azul. Bien. ¿Y el verde? Muy bien. ¿Y amarillo? ¡Diez puntos! Potro, no hay duda, sos muy inteligente. Así que te voy a enseñar uno nuevo, ¿querés? Acunó la cabeza con fiaca. Magenta, ¿conocías? Bah, ese es de nena, Seño. No es, pero si es ¿por eso no lo vas a hacer memoria? Remoloneó: Está bien, Seño. Qué te hacés, si sos más nena vos, llorás por todo, lo burló Cristina. Seño, ¿puedo aprenderlo yo también? Sí, Lucila, escuchá: con el magenta se hacen violetas brillantes. Y se escribe con la de mamá, agregó Nano. Muy bien, ahora atiéndanme: se junta un poquito de azul por acá, con un poquito de magenta por acá. ¿Puedo mezclar yo? Sí, Potro, mezclá. Guau, una magia, Seño. Viste, una magia. Seño, ¿sabías que Lucila se escribe con la u de uva?

En trazo negro, escribimos deseos en las chauchas. Les ayudé con las letras, las dibujé en un papel. Todos querían ir hacia algún lado. Ir a Corrientes. Ir al mar. Ir a volver a ver a mi papá.

Escribo estas cosas con la dificultad de no saber a quién puedan importarle. Si acaso leí una novela, por la insistencia de una amiga. También por la amabilidad, para mandarla pedir y avisarme por teléfono que había llegado, del librero del barrio donde ahora vivo, que es otro al momento donde sucedió todo esto.

La tuve conmigo y la paseé en mi mochila, porque es algo que hacemos las maestras, siempre tenemos algo o alguien para llevar a pasear. Y ahora también paseo esta propia historia que cuento desde hace años con sus niños, sus paisajes y sus anécdotas. Hace años que la cuento, pero es recién hace un rato que entendí: ¿y si la escribo?

Sucedió cuando estaba de visita donde ahora envejecen quienes me criaron. Sentada en el fondo de la casa, sobre una silla de madera vieja, abrigada con ropa gruesa, dos pares de medias y una manta de lana; interrumpí esta lectura para alzar la mirada y ver la llanura en la que el cambio de temperaturas del aire inventa las coreografías del viento y la tierra. Expreso de un fenómeno insoportable y encantador, iluminado por el sol perpendicular al planeta, embellecido bajo su veladura cálida. Sentí el llamado de la memoria. El lugar de donde me fui para buscar suerte. Y mi suerte pareció ser la misma que estaba escrita en este libro, abierto sobre mis piernas, donde un maestro se encuentra con un niño entre muchos otros.

Esta sensación de querer atraparlo. De poder caer como una red liviana sobre él. El frío era tibio y bajo el techo hacíamos la clase: escribían en sus cuadernos y cosían telas. Entonces la sombra de un pájaro pareció sobrevolarnos. Aunque estábamos dentro, lo notamos porque el sol que pasaba a través de los agujeros de la chapa se oscureció y se volvió a encender. Un parpadeo de sombra y luz. Alguien anda. No era un ave, supimos enseguida, porque en el techo sentíamos sus pisadas livianas y el rebote de los saltos. Desde el suelo, seguíamos con la cabeza el baile festivo de las luces y las sombras. Si pájaro no era, qué sería.

Alguien anda, alguien anda, gritaban. Rápidos eran para el barullo. Y yo les decía como respuesta: Alguien anda, alguien anda. Y nos mareábamos en esas ráfagas de sorpresa que se movían en nuestros corazones; así como se deslizaba ese cuerpo que resplandecía y apagaba nuestro espacio dentro. Pasaba y se escondía de que pudiéramos atraparlo con los ojos, cada vez que soltábamos nuestro hacer y salíamos afuera en carrera para descubrirlo. Nada. Volvíamos a entrar y el pájaro este que no era se movía de nuevo encima de nosotros. Ahí donde el óxido había dejado caer una balacera por la que pasaban el día y su facilidad para las tareas de la vista, ahora interrumpidas una y otra vez por el lugar que ocupaba este cuerpo opaco en el mundo.

Una nube enloquecida por una tormenta tapaba y destapaba con velocidad musical al mayor astro del sistema de planetas, estrellas y satélites. ¿Quién es?, me pregunté y levanté la voz: ¿Quién sos? ¡Mostranos!, mandé y nada. ¡Mostranos! Nada. Mandar no servía, ¿cuándo sirve? Entonces pedimos, suplicamos entre todos: Quién sos, salí, queremos verte. Y el movimiento cesó. Se hizo un silencio grande y entero que duró un suspenso hasta que se asomó a través de un hueco en la pared: de cabeza una carita dada vuelta, que colgaba llena de dientes blancos, con ojos grandes y negros, la piel marrón. Una marca bajaba por el borde izquierdo de su quijada y recorría el cuello hasta el pecho. En ella parecía que su piel se había separado y vuelto a soldar. Sonriso, dado por la picardía de la confusión que nos había hecho, habló: Soy yo, el Dylan. Y se volvió a escurrir entre los metales plateados, el sol y las nubes. Corrimos afuera y lo vimos. Cierto fue, y este era uno de sus talentos, se dejó ver: sobre el techo parado incandescente con pies descalzos, suela de piel gruesa para no quemarse, yoguin y remera, todo liso y negro, mismo el pelo barnizado en caramelo. Su ropa flameaba suave por el viento que venía desde el río.

Bajá, vení con nosotros que podés caer.

En dos pujos el techo lo devolvió a la tierra. Lo invité a entrar y entró mirando todo lo que éramos. Dijo: ¿Sos nueva? Soy, dije. Yo, viejo, respondió y los otros lo aplaudieron con carcajadas. Caminó por la escuelita con misterio, tocando con las manos y los ojos. Mientras yo repetía: Si te caés, ¿qué pasa?

Dylan parecía ignorar, recorría con un silencio que salía desde él muy profundo y trepaba por nuestros cuadernos y telas y paredes y sillas y mesas, para seguir con su ojear todo, tocando y oliendo, acercando su hocico. Agarraba un libro, lo sacudía, lo lanzaba con decepción. Agarraba otro, daba vueltas las páginas, lo devolvía fastidiado. Una lapicera, rayaba un poco, la soltaba. El entusiasmo en lo que encontraba tenía una mecha corta que se quemaba rápido. Pero se le veía en el reflejo de sus ojos negros el fulgor de esa llama breve. Fuego que se le ve a todo niño cuando algo le hace esta promesa: Vas a divertirte. Y se consume cuando se aburre. Entonces giró su cuerpo hacía mí y se levantó la remera. Enganchada en el elástico del short llevaba una honda. Me sonrió: Estaba cazando, ¿querés? Y con una sonrisa que le mordía los labios, la sacó y me apuntó a la cara. Me asusté y él me consoló de su gracia: No tengo piedra. Necesitás un disfraz, le dije.

Revolvió la bolsa de telas y las tiró al piso. La negra, eligió. Y sentado en el suelo intentó clavar la tijera para agujerearla. Quiero un antifaz, haceme, dijo dándome el retazo y la tijera, con tal arrebato que no parecía que me diera sino que me sacara algo. Yo le devolví las cosas, con impulso también, y entonces pareció que le sacaba. La fuerza del dar y el recibir iban en direcciones contrarias. Para ordenar le dije: Te muestro. Y doblé una tela al medio. Traté de enseñarle acompañando con gestos que señalaban el material: Del lado que se separan los pliegues como un libro no, del otro. Y corté medio círculo despacio. Su mirada se llenó de detenimiento sobre el trazo del corte. Vi el fueguito, sobre todo cuando desplegué la tela y apareció un redondel calado por donde sacar la mirada. Lo desafié: ¿Tenés dos ojos?, hacé el otro. No tengo, sonrió.

Le entregué retazo y tijera como si le diera, y él recibió como si recibiera. En ese lugar nos encontramos. Recortó lento, pero el giro del corte se consumió rápido en una forma pequeña. Te lo arreglo, le dije. Pero respondió: Yo así veo. Y estiró la tela, que para mi sorpresa era más que un antifaz, porque cuando la prensó sobre su cara la tapaba toda, nariz y boca. Era algo mejor. Asomaba su mirada por los pequeños agujeros, como el sol por la rotura de la chapa, pero en vez de iluminar devolvía el propio reflejo ensombrecido. Muy bien,

Dylan. Se dio vuelta, atame, pidió con un ademán. Hecho el nudo, salió corriendo, ligero trepó al techo, la mancha pasó rápido sobre nuestras cabezas, desapareció.

Volvió la próxima vez caminando con dos más: una flaca alta y una gorda bajita de sonrisa regalada. Traje dos hermanas, las presentó, ella la Nahiara, ella la Nurita. ¿Tenés manaos?, preguntó Nahiara, que tendría once. Nurita seis. Ahí yo dije: Estamos con las tareas. Y el Dylan insistió: Hacemos la tarea si nos das gaseosa. Querían hacer negocio. Sentí la gran tentación de toda maestra: cautivar con alguna propuesta y conseguir que hagan. Pero dije en mis adentros: No voy a negociar.

El padre que yo tuve hablaba de esto. Seis años sería que él tendría, pero no podía precisar porque confundía el tiempo. Creció en un lugar húmedo y de terreno vacío con pocas casas, con una frazada de postigo en la abertura. Terrenos que llaman campo, pero no son porque después llega la ciudad para desmentir: no era campo sino tierra sin asfaltar. Creo que no contaba con claridad cuáles eran las malas intenciones a las que refería, sería para protegernos la infancia. Pero decía de una vez en la que, mientras todo el mundo resoplaba en la siesta, un vecino lo llamó del otro lado del alambrado. Haceme favor, le pidió y abrió la mano grande como tosca, que mostraba un trompo de madera.

Agachándose lo hizo girar. Disparado se deslizó en un dibujo de línea suave. Alzó diminutas nubes de polvo. Los ojos de la criatura se desorbitaron de deseo. Concretado el hechizo, el hombre hizo pasar al fondo de su casa de piedra al pequeño que después sería mi padre. Le mostró una gata que, recostada sobre cartón, limpiaba sus numerosos recién nacidos. Escribió el contrato en el aire con estas palabras: Hay trompo si los tirás contra la pared esa de allá. El niño los miró: lauchas parecían, bañadas en placenta.

Volvió con la madera torneada, el metal que la atraviesa y el cordón que la hace bailar, en el bolsillo. Probó sobre el suelo que hiciera la gracia, pero no lo logró. En cambio las sensaciones de la conciencia, que para entonces tenían la fuerza y la sinceridad de una planta que crece sola en el hábitat que le corresponde, comenzaron a llamarlo con dolores de panza. Caminó al arroyo junto y dejó ir su ganancia, que por la cualidad del material flotó sobre el ritmo lento del agua, en vez de hundirse como las piedras.

De ahí creí mejor no negociar y sí proponer lugares en el tiempo. Primero una cosa y después la otra, no equivale a negociación. Recordé a mi padre y el niño que fue y propuse una acomodación de los sucesos: Primero hacemos la tarea y después manaos, porque nadie se pone las zapatillas y después las medias. Y todos estallaron en carcajadas. El Dylan renegó, yo voy descalzo. Y sentí un sonido a quebradura dentro mío. Diría una rama, pero no, era algo suave. Una flor. Por primera vez lo escuché, y no sabía bien de dónde venía, ni si lo había oído antes.

Mi padre insistió: Estudiá, hacete un oficio. Eso nadie te podrá sacarlo. Y puso el estudio y el oficio como la misma cosa. Vos podés tener un trabajo, decía, pero mañana vienen y te dicen no servís, estás viejo. Contratan a uno más joven, pero el estudio te lo llevás con vos y va a ser tu herramienta para defenderte. Casate, pero estudiá que mañana tu hombre se va con una mujer joven y va a parecer que no tenés a quién abrazarte, pero tendrás tu oficio que nunca te soltará ni te dejará sola. No te confiés en los hombres, hoy te aman y mañana te dejan de querer o se mueren. No te cases con uno que no trabaje, porque será una carga y tendrás que trabajar para él. Tu estudio te será de arma y hará que ningún ladrón toque tu casa. El día que mueras de hambre, vos y tus hijos, golpearás puertas y siempre alguien te abrirá. Te elegirán a vos, aunque sea para limpiar, porque dirán tiene estudio, y eso te dará una oportunidad. La mano es dura para los que nacen como nosotros. Ha sido difícil y ha de ser peor. Habrá épocas buenas, y lo bueno de todo lo malo que nos ha pasado es que cuando subas con el estudio subirás con humildad y cuando te toque bajar bajarás la cabeza y comerás lo que puedas, y harás el trabajo que sea y estarás tranquila.

Vos sos mi mayor inversión, me decía. No pude comprar casas, ni autos, ni terrenos. No voy a dejarte nada, pero quisiera dejarte estudio. Y por eso también te pido que estudies y te cuides, porque todo lo poco lo invertí en vos y si algo te pasara, a mí no me queda nada. En cambio si vos te formás y prosperás, serás la tierra al sol llena de trigo para hacer harina con la que se amasa el pan.

No te preocupes ahora por trabajar y ganar dinero. Yo en lo que pueda te daré. No será muy mucho, no tendrás las mejores zapatillas ni la ropa, pero para estudiar lo necesario. Contá conmigo para en lo mínimo tener todo y con eso ganar un estudio o un oficio, que será una llave siempre, tu única llave para tu libertad. Algunos te dirán que tu belleza y tu fuerza, pero ellas se irán también para no volver. A veces el mundo y su naturaleza nos hacen sentir que todo se va para volver, el verano, los pájaros, el día. Pero no es así, hija. Es algo generoso del mundo, para poder dormir y descansar, porque sabemos que volverá a salir el sol. Sin embargo, cuando se vaya tu juventud se irá tu belleza y tu fuerza y tal vez tu hombre y también yo y tu madre. Nada volverá no y entonces quedará esto que quiero darte.

Quiero cuidarte de mi suerte. Una nueva estrella cuidará tu espalda.

Cada vez que alguno terminaba una parte de su disfraz, la colgaba en una percha con su nombre. Mientras completaban el traje, lo probaban y yo les sacaba una foto, donde miraban cómo les quedaba. Después comencé a prestarles para que sacaran ellos mismos, y es que siempre pedían: Yo, Seño, y hacían por favor con las manos.

Antes de asegurar el portón con candado para irme, miraba un momento las perchas, cada una con su traje y un papel naranja escrito con marcador. La quebradura que sonaba dentro mi cáscara parecía soldarse. Hacían una capa y un antifaz a la que algunos agregaban muñequeras, tobilleras, vinchas y arreglos para el pelo y la cabeza. También pecheras. En las capas pintaban poemas. Dylan me dijo: Un poema no me sale. Pensá en algo que te guste, le pedí, y escribió su nombre, mamá y mucica. Entonces le avisé: Música es con la S. Vení, traeme el pincel. Qué importa, habló para mí sin mirarme, para eso la tiro. Entonces busqué y pregunté: ¿Puedo? Con un gesto me devolvió su aprobación. Agregué con cuidado una colita a la C para transformarla en S. Le sonreí: Ahora sí, un poema de tres palabras. Dylan sonrió y se apuró a vestir capa y máscara, y salió al trote:

¡Mírame, Seño!, y desafió a los demás: ¿Quién me alcanza? Corrió hacia fuera, dibujó en la canchita de fútbol los trazos curvilíneos de un trompo, con los brazos alzados hacia adelante y sus manos de diez años anudadas en puño.

Todos gritaron: ¡Está volando!, y apuraron a vestir lo suyo para salir a perseguirlo. Eran veloces pero cuando estaban muy cerca, hacía trampa y caminaba encima de la acacia negra o del techo. Entonces, desde abajo le tiraban piedras con sonidos de rayo láser: ¡Pium, pium! También gritaban: ¡Tomá duro, tomá!, y disparaban: ¡Pah, pah! Si alguna pegaba en el blanco, el Dylan gritaba: ¡No me duele!, y bajaba y corría y se divertía inalcanzable. Me salía advertirles: se van a lastimar, vas a caerte, pero nadie hacía caso. Será que eran desobedientes, sí, pero también podría ser que yo lo decía sin convicción porque notable eran sus cuerpos listos para esas hazañas.

Jugaron hasta que, al ver a la Nurita agitada de correr y como bueno con ella que era, se dejó atrapar.

Otras cosas había que sucedían. Los errores parecían salvarse por la voluntad de hacer. Y un error salvado, ¿qué es? De ahí que un día en nuestros pizarrones redondos que éramos, el Potro y la Jai escribían cómplices, arrodillados en el piso. Hasta que se pararon y señalaron para mí su arte. Me preguntaron: Seño, ¿qué dice? Miré el detalle de letras locura caídas al piso patas arriba. Intentos desarrumados de una E, una G, una M, ¿una T?, una S y así. Letras reventadas contra la madera negra. Cucarachas que al intentar escaparse murieron aplastadas. Insistieron: Decinos, ¿qué dice? Momia, respondí. Se rieron y miraron sorpresos. Apurados, borraron y escribieron nuevas letras borrachas de las ganas de decir algo, antes de volver a preguntar. Y ahora, Seño, ¿qué dice? Primavera, dice. Se miraron de nuevo con los ojos abiertos, tamaño huevo frito, y pidieron confirmación: ¡¿Primavera?! Primavera. Saltaron de alegría, borraron y repitieron sus letras de tiza buscando nuevas posibilidades. ¿Qué dice? Corazón. ¿Qué dice? Milanesa. ¿Qué dice? Helicóptero. ¿Qué dice? Pileta de natación.

Conversaron entre ellos y me preguntaron agradecidos: Seño, ¿qué te gustaría que escribamos para vos? Lo que quieran escribir para mí. Y debatieron dos segundos. Gato negro, ¿está bien? Está bien. Escribieron y borraron. Sintieron perderse y pidieron pistas para el camino: ¿La L con la O? Sí, la L con la O. Siguieron en el ejercicio de la invención del trazo, hasta volver a abrir paso para dejarme entrar sobre su esfuerzo. Y con ojitos vidriosos y sonrientes volvieron con su pregunta: ¿Y, Seño? Decinos, ¿qué dice? Miré y descubrí, está vez extendidas y con espacios vacíos entre ellas, las mismas letras locura, agrupadas para una lengua que moría mientras nacía. Y sin saber el daño o la ventaja de la respuesta, los consentí: Gato negro, dice.

Tanto andaban de superhéroes que me contagiaron y empecé a disfrazarme. Usaban sus trajes hasta para ir al kiosco a comprar manaos y galletitas, a veces yogur. Pedían: Luchá conmigo, Seño. Y yo jugaba: ¿Quién laucha con vos?, y los corría hasta alcanzarlos. A la Jai, la Nurita, Ramiro y el Potro, cuyo peso me lo permitía, los alzaba en el aire y los ponía de cabeza. Vencidos, por las cosquillas y el ahogo de la risa, caían al piso.

Todo tenía un lugar. Llegaba a las once, y si bien me habían dicho que la clase fuera de once a dos, duraba más. Y es que llegaba y no había nadie. Los únicos que estaban casi listos eran la Lucila y el Nano, que vivían en una casita al lado. Ahí que les golpeaba la puerta y esperaba que su mamá los terminara de peinar o que salieran de la cama. Lagañosos cachorros con moquillo, se me acercaban por un beso. Me daban la mano y caminábamos para buscar a los demás. Primero a lo de la Jai, el Potro y la Cristina, frente al río. Salían la mamá o las hermanas, la Rosa y la Cecilia, me hacían pasar y me convidaban un mate. Siéntese, Seño. Mi primer mate dulce del día. La mamá me contaba cosas, necesidades y temores desde que se quedó sin marido. La escuchaba cómo iba a reclamar, la trabajadora social que se hacía la sorda, la canasta que no le entregaban, la salita donde no le daban el turno, hasta que las crianzas salían de la pieza con las cabezas como pasadas bajo la lengua de una vaca. Siempre alguna mandaban: Andá a peinarte mejor. A veces le agarraban la melena y se la cepillaban duro con peine fino. Las lágrimas se les exprimían brutas en el tironeo. ¿No te da vergüenza llorar delante de la Seño?, la retaban. Ahí que yo decía: Deje que yo termino. Y la criatura pasaba a mis brazos, aliviada porque sabía que le consentiría los nudos más difíciles. La que lograba zafar del emprolijamiento se adelantaba a la casa siguiente para avisar que pasaríamos por ella y cuidar el tiempo.

Así íbamos detrás de la crianza que pregonaba nuestra llegada. Éramos un tren con sus estaciones. Girábamos la esquina, estación Daiana y Otana. Volvíamos marcha para atrás, Ramiro y Rocío. Después entrando al barrio, la Nahiara, la Nurita y el Dylan, que siempre decían: Vayan yendo que después vamos. De ahí a la Ruth y el Leo. Última estación, Marilyn, que a veces traía en upa a su hermanito, un vagoncito bebé.

También entre los mates me preguntaban por mí, si andaba cansada y cuando decía sí, me hablaban con pena, es que trabaja mucho, Seño. Si había conseguido novio, decía no, y la Rosa y la Cecilia se reían, va a quedar solterona, Seño. Y yo sonreía que sí. Ahí la Cecilia agregaba: Es que los hombres están vagos, no quieren andar serio.

Fueron antes alumnas de la escuelita, con las otras seños. Después hicieron una catorce y la otra dieciséis y dejaron de ir. Cuando la invitaba a la Cecilia, respondía: Ya estoy grande. Y cuando la invitaba a la Rosa, la Cecilia también respondía: A esta lo único que le importa es buscar novio. Y nos reíamos las tres. Si la mañana tenía sol, estaban afuera y calentaban la pava en el fuego, alimentado con sobras de madera vieja. Llenaban el mate con la Yerutí. Es la que nos dan con el bolsón.

Algunas veces me acompañaban para cebarme mate durante la clase. Y también ayudaban con los que se portaban mal. Basta, pibitos, les decían, y los amansaban.

Aunque estaba fresco, el Dylan llegó en cueros. Dirigía con una sola mano una bici grande para su altura. Traía algo, envuelto en la remera lo apretaba contra su pecho. Mirá, Seño. Los otros estaban muertos, dijo y descubrió los pliegues doblados de la prenda para mostrar una pequeña bestia negra, con el pelo lacio y brillante. Como un caballo, Seño. Todos se abalanzaron sobre él. Lo saqué de un cartón al costado del río. Pobre animal hermoso, no abría aún los ojos, parecían pegados y resplandecía como azúcar dorada al fuego. Hacémosle una cama, Seño. Ya estábamos para terminar la clase, todo el mundo distraído y cansado, comenzaban las peleas y tener que separarlos. Así que dije: Esperá que se vayan. Primero tomá manaos, comé galletitas. Ya comí torta frita, la cama. Las crianzas se despedían con un beso.

Nos quedamos juntos. Buscamos entre los retazos dos que fueran grandes. Vas a tener que aprender a coser. Ya vi a mi mamá, pasame el hilo por la abuja. Le pasé y dije, tu aguja. Lo mismo, respondió. Lo mismo, acordé. Juntamos los retazos, sentados uno frente al otro. Cosimos uno de cada lado con puntadas grandes, guiones desparejos dictados por la velocidad. Lo rellenamos con telitas, y aunque iban a ir dentro, el Dylan tardaba procurando sus colores. Le avisé: No van a verse. Me respondió: Dejame. Cuando estuvo lleno y cerrado el almohadón, acostamos esta cría del Dylan, y los colores desde adentro latían como esas músicas que una no sabe de dónde vienen. Ahora leche, Seño. Le di 20, de paso traé dos pancitos. Cuidámelo, pidió, y se puso la remera que, cuando la bici agarró velocidad, embolsó el viento. Volvió con 12 de vuelto. ¿Cuánto costó? No recordaba. Hacé la cuenta. Si te di 20 y me trajiste 12, 20 - 12. Renegó entre dientes, se arrodilló en la tierra, marcó con el dedo 20 palitos, tachó 12, contó el resto. 8. Muy bien, andá que anochece. Llevá el pan, lo mojás bien y se lo llevás a la boca. No dejés que se enfríe y buscale un nombre.

Mis cosas eran un bolso con el termo de agua caliente, yerba y azúcar, un mate. Tutucas, mi propia cartuchera y la ropa que usaría para ir al trabajo de moza después. Esas eran mis cosas ahí, pero también tenía otras. Un monoambiente en alquiler en la Ciudad. Me costaba 1000 al mes. Seis vasos de colores: azul, celeste, violeta, rosa, amarillo, naranja. Seis platos playos blancos. Seis cuchillos, seis tenedores y seis cucharas soperas, con mango rojo todo. A razón de que en mi familia éramos seis, esa era para mí la medida con la que se preparaba una mesa para el afecto. Una asadera que había sido de mi abuela. Una cama de una plaza que mandó una de mis tías desde la provincia, con un colchón y un televisor. Estaba colgada del cable, y así tenía para ver algo mientras me llegaba el sueño. También para dejarla encendida de fondo, que simule barullo de compañía, para esos platos que la mayoría de las veces cenaban solos.

Ese perro no duerme dentro, si duerme dentro vos fuera, le dijo el padre. Salió con el perro, la noche lo miró con su cara ni tan helada, era primavera. Sacó cartones del carro de su hermano mayor. Saludó a la yegua y le dijo: Mirá, mostrándole la criatura. Se metió en el chaperío armado para los chanchos cuando los compraban para hacerlos engordar y comer, pero ahora estaba vacío. El cielo estrellado era una frazada sobre él, hermoso sobre los faroles de la calle que daban una luz amarilla.

Ordenó las cajas desarmadas y recostó al cachorro en el almohadón, que, dados los colores que tenía por dentro y por fuera, lo hacía parecer una joya. Un reflejo de constelaciones en una porción del suelo. Joya, lo bautizó, y lo abrazó con su estómago y el recuerdo: No dejes que se enfríe. Cortó el sachet de leche por la punta con los dientes, tomó un trago. Estaba fresca y espesa por la grasa. Se puso un poco en la mano que hizo de cuenco y la acercó al hocico. Nada. Entonces, tomó leche, mordió el pan que, horneado en la mañana, a esa hora ya estaba seco. Separó la miga, la mojó, la acercó a la boca de su cría y pidió: Vamos, tomá. El perro sintió pena y comenzó a chupar el pan hasta sentirse satisfecho y dormirse en el calor del cuerpo de quien buscaba darle cauce a su amor en el mundo. Y es que esa noche el animal estaba dispuesto a morirse, pero dada la fuerza del deseo que irradiaba ese niño sobre él, no le quedó otra que seguir.

No son mentiras, pero tampoco son del todo ciertas. Pero para contar las cosas y que se entienda cómo son, prefiero escribirlas diferentes a cómo sucedieron. A veces para despabilarme me baño y renuevo el mate. Otras duermo y sueño que vuelvo a trabajar a la escuelita, pero, cuando miro hacia afuera desde adentro de ella, el terreno es grande hasta tocar el horizonte y está vacío de toda construcción. Animales fantásticos se pasean en él y árboles frondosos se sostienen en el fondo, donde hay un amanecer dorado. Mis chicos juegan en el paisaje. Estoy abrigada con la campera verde que usaba en esa época, el pelo largo como en esa época. Mis zapatillas azules, las calzas negras. La mochila cargada sobre mi espalda, pesa. Entonces veo que hay escaleras, habitaciones, puertas que conectan a casas, y digo: Nunca supe de tanto espacio para usar que teníamos. Percibo un peligro en la atmósfera y, sin embargo, disfruto el perfume a verdín de las zanjas que trae el viento.

El día temprano cocinaba un temporal, como esos que se arman dentro de cualquiera que aprende una nueva verdad. Las nubes cargadas se elevaban desde el fondo del río y por sobre la Ciudad, que avistada a lo lejos parecía una maqueta.

Cuando estuvimos dentro de la clase lo vi venir: montaba un caballo, sujetado a su cuello grueso y firme, por una soga de yute. El blanco sucio del animal parecía desprenderse de la lluvia que prosperaba camino hacia nosotros. El Joya crecido, todo negro prenda lujosa que era, caminaba a su lado, y por mirar a su ídolo en la altura de la montura, torcía bizco el paso de costado y parecía un tonto. Descendió con un salto como si pesara lo que una pluma, pero al llegar al suelo su cuerpo pisó firme y entero, una estaca de plomo que levantó tierra. Amarró al animal a la acacia y entró. Y ese caballo de quién es, pregunté. Yegua, que es hembra, me enseñó pero no dijo el nombre. Es nuestra, para cartonear.

Decía nuestra para decirse a sí mismo, a la Nahiara y a la Nurita, pero también al Nicomedes que a veces venía y pedía algo para hacer. Un cuento, una pintura. Nunca acomodaba lo que hiciera. Lo dejaba abandonado cerca de mí sobre la mesa y se iba a jugar a la pelota en el terreno en el que estábamos todos. Se refería al Nicomedes, pero también a otro hermano que era ya casado y con dos bebés, uno que caminaba y otro que todavía no. Y a dos hermanas mayores que nunca conocí. A su mamá y al que le decían papá, que era el padre de la Nurita, pero no de los demás. Este era un policía que llegado tarde a la familia de su mujer, la madre de todos, que cuento siete, se la adueñaba y la pudría por dentro, como un gusano en una fruta que por fuera todavía brilla. Pero esto se revelará cuando ya casi termine esta historia y yo esté lejos y en el intento de escribirla.

Entró a robar cuando vos no estabas, susurró el Potro a mi oído haciendo carpita con la mano. ¿Cómo que entró a robar cuando no estaba?, alcé la voz sin experiencia. De haberla tenido, hubiera seguido el susurro del niño más astuto que su maestra, y esperado el momento oportuno para preguntar con delicadeza, cuestión que sea una pregunta y no una acusación. De ahí encendí un enredo de insultos y peleas donde unos negaban, otros afirmaban y aunque habían estado callados en la clase, en la semana pareció ser algo que todos vieron porque gritaban: ¡Yo te vi, yo te vi! La Nahiara y la Nurita defendían a su hermano: ¡Esta van a ver!, mostrando el puño. Entonces Otana señaló: Yo te grité te estoy viendo, y vos pasaste al rayo encima de la Alacina, a los costados míos y te hiciste el sordo. ¡Callate muerta de hambre!, se defendió el Dylan con un ataque, y salieron afuera a discutir con empujones y agravios.

Estos que eran mis alumnos y tenían entre seis y más tardar trece, ahora parecían una muchedumbre agitada ante una justicia que debían resolver. Salvajes, levantaban puño y saltaban de un lado a otro. Yo pedía hablar tranquilos, pero mi voz había mudado a ser un carro que pasa por la calle y por la costumbre de que pase nadie escucha. Algunos decían: Ayudemos a la Seño, y arrojaban piedras. A lo que yo suplicaba: ¡No tiren, no tiren! Y entonces uno dejaba de tirar y le decía al que seguía tirando: Dijo no tiren, y le soltaba un golpe. Y se agarraban entre ellos. Y así todo era un desastre de patadas voladoras, pequeñas rocas y alguna que otra botella de manaos, que flotaba vacía en el aire, atravesada por la luz. El Potro se abrazaba a mi cintura, pobre la Seño. Y Lucila también, sí, pobre la Seño. Y yo los despegaba porque su compasión me entorpecía estar de pie, pero ellos volvían como garrapatas a mis piernas, pobrecita, y me hacían caer.

El Dylan y la Otana se pararon uno frente al otro a distancia de una patada, puños apretados, miradas apuntaladas, mostrándose los dientes. Se medían. Nosotros te damos de comer cuando tu tía se valbaile, y qué venís a buchonear, negra, reprochaba el Dylan. Y la Otana devolvía: A mí nadie me da de comer, sucio. El Joya ladraba y ladraba, y hacía carreritas en ronda que tejían y destejían un cerco que encerraba a la barra. Ambos comenzaron a girar los brazos con las manos cerradas como si sostuvieran boleadoras con piedras aprisionadas en las puntas por los cueros, y cuando el giro cargó la suficiente fuerza para ser lanzado, soltaron el arrebato sobre el otro. Atrapados por el barullo de la golpiza cayeron trenzados al piso. Los machacazos sobre sus espaldas sonaban secos, llenos de aire y sangre gruesa. Entre todos los separamos.

Otana era alta y blanca, de pelo negro y desparejo, mordido por una tijera desafilada. Cargaba una sonrisa casi transparente como la que se le borda a los muñecos de trapo y mirada dulce de botón. Su cara triste era igual de blanda, solo que en caída y con ella recibió el último golpe del Dylan: ¡Esas ojotas te las compró mi mamá, bastarda! Sus ojos vidriosos descendieron a sus pies, el calzado de goma amarilla resplandecía bajo el gris de la tormenta que engordaba su espuma sobre nosotros. Se sacó la derecha y la disparó en la cara del Dylan. Le dio y cayó hacía atrás en el intento de querer quitarse la otra cuando aún no había mermado la inercia del lanzamiento. Pero entonces un relincho tronó sobre la batalla y devoró nuestras atenciones. Alacina se ahorcaba. Un tironeo de la soga que la ataba al árbol ajustó el nudo que comenzó a prohibirle el aire. Ante la urgencia, el Dylan desarmó el propio nudo que era su cuerpo en el piso y creciendo para mis ojos en esa carrera, se levantó la remera, sacó un cuchillo sujetado entre la panza y el elástico del short, se impulsó apoyándose en la cruz del animal, saltó sobre él y con el filo castigó la cuerda hasta desarmarle el alma.

Se quedó sobre ella, acariciándola con los ojos cerrados para sentir cómo recuperaba el aire. Aliviado, resopló también y se volvió un hombre sentado sobre una bestia a la que acababa de domar. La bestia no era la yegua sino la muerte. Porque aunque el animal hizo algo sencillo y que le es propio, bajar la cabeza para comer pasto, sin saberlo bajaba hasta la muerte. No fue su culpa, la muerte es así. Y el Dylan parecía conocer tanto que yo no conocía, por la forma vacía de duda con que la defendió de ella, y se quedó montado encima y abrazado a su pescuezo antes de irse.

La lluvia finalmente quebró su techo condensado sobre nuestras cabezas y nos apagó el habla. Se escuchaba un silencio similar al sonido que hacen las frutas cuando tensan su piel y están listas, por su propia voluntad, para caer al mundo. Le acerqué las ojotas a Otana y acomodé su peinado. Unas lágrimas le barrían surcos claros en la tierra que le cubría la cara. Sin volver a cruzar mirada, el Dylan bajó de la yegua, hizo un nuevo amarre con el resto sano de la soga y se fue despacio, con Alacina a un lado y el Joya al otro.

Mis alumnos eran dueños de una hermosura y un poder que yo no veía en otros niños, cuando comencé a hacer pocas suplencias en las escuelas. Les sacaba fotos todo el tiempo: cosiendo, escribiendo, dibujando, comiendo y jugando. Todos los gerundios en la memoria de mi cámara. No quería un registro, así se dice en educación, para mostrar lo que producen a las autoridades y a las familias, como si fueran animales nacidos con instinto para la fábrica. En vez, intentaba guardar una prueba de todo lo que éramos y lo que teníamos. Poder ostentarlos con la gente cercana que me preguntaba cómo estás, tenés algún proyecto, cómo te va en la Ciudad, te sentís muy sola. Responder: Este es mi trabajo, estos son mis chicos y estoy aprendiendo tanto. No solo lavo copas, saco cosas calientes del horno, limpio baños y levanto una mesa entera en dos viajes. Tenía amor y tenía orgullo por esas mañanas que se volvían tardes que yo alargaba, porque eran momentos donde dejaba de extrañar mi casa y el lugar de donde me fui, y me sentía acompañada. Cada letra lograda, cada manito que se pegaba a la mía, cada vez que sacaba papel higiénico de mi bolso y mostraba a uno bajito cómo soplar su nariz entre mis dedos; era un sentimiento de calma alegría que nunca había tenido, y que pensaba ya no podré cambiar por nada.

De la Jai me quedó un retrato, plano medio corto, donde se para de frente. Tiene una botella de plástico verde dada vuelta sobre su cabeza, sujetada con una cinta blanca con puntitos negros que va desde su coronilla hasta el mentón donde se arma un moño. La botella tiene lentejuelas celestes, doradas y rosas, pegadas con ancha cinta transparente. Cortada al medio parece un florero al que le pusimos ramas y yuyos. La Jai lleva una musculosa negra de tiras fruncidas. Su pelo lacio y fino color canela sobre los hombros. La piel trigueña. Bonita, una sonrisa sin dientes que a pesar de parecer un paréntesis dormido tiene la fuerza suficiente para levantarle los dos pómulos redondos. Está parada delante de una pared blanca entre dos puertas verdes. Mira a la cámara con ojos grandes color negro. Después hay otra del mismo momento, pero tres cuartos perfil, se tapa la cara con las dos manos y tuerce la cabeza a su izquierda. El plano un poco contrapicado. De fondo está el pasto y la tierra, las casas vecinas, los árboles y el cielo.

La cámara era regalo de mi mamá. La convencí de que era necesaria para mi profesión y que además estaba a un superprecio; a la mujer que con costuras, amasados y trabajo de su cuerpo ahorró en todo, toda su vida. Menos en los cuatro hijos que tuvo, ahí se dio un lujo que en realidad no supo evitar. Después en lo otro le consultó a mi papá, y fue él quien dijo que sí, si era para mi estudio. De ahí que ella descubrió un montón de billetes escondidos en una carterita de mimbre. Manejó el auto gris con un caño de escape demasiado ruidoso, para el lugar con corazón de pueblo donde vivíamos, y la compramos a un hombre de quien me habían pasado su contacto. Las traía de no sabíamos dónde, nada dañino pero tampoco legal. También me dio por 350, una tarjeta de memoria.

En nuestra casa tomamos las primeras imágenes, que se devolvían en una pantalla nítida en el artefacto. Entonces mi papá pidió: Sacame, sacame antes que te quedes sin rollo. Y posaba mientras abría a la mitad un pescado para la cena. Y mi mamá reprochó, te sacás con ese bicho muerto y conmigo no. Y mi hermano se burló: Un bagre u otro. Y mi papá dijo: Qué bagre, es pescadilla. Y ella estaba por llorar pero su marido la abrazó y le habló algo al oído, que no sé qué pudo haber sido, pero rieron y se besaron. Y yo les saqué una foto en ese momento también.

Al otro día la mujer que me vio crecer pidió que le sacara a sus catitas comiendo semillas de morrón de la mano. Y otra moviendo la tierra del fondo, donde todavía hoy planta zapallitos y tomates, lechugas, acelgas y calabazas. Para mostrar que todo me viene bien y soy muy buena en esto.

Cuánto hace que escribo sobre esto y para qué. Estoy bajo el sol de una mañana de verano marchándose. Se precipita con su partida el hecho de volver a la escuela. Han florecido la santa rita y la rosa china. De la primera tengo dos, una borravino y otra magenta. De la rosa esta que no parece rosa, ni espinas tiene para pincharse, menos perfume, hay una rosa clara y otra bien roja oscura. Estas flores tienen algo particular y es que duran un día abiertas, después se cierran, acurrucándose en un sueño profundo sobre sí mismas antes de caer. Intento escribir. Estoy dentro de mi propio esfuerzo y es que cuando doy clases digo a quienes no les sale hagan de su tara la tarea. La tara para la tarea. Y aquí estoy, en obediencia a la maestra que soy y que fui.

Hubo una mañana como esta donde repartí una moneda a cada mano que se extendió con los ojos abiertos de no poder creer el brillo cobre que se confiaba sobre ella. Monedas que hoy pasados los años ya no tienen ningún valor. ¿Me la puedo quedar? Vamos a ver. Después entregué hojas para mandar ponerlas encima de las monedas y por sobre ellas pasar el lápiz suave. Como pintando. La moneda apareció en las hojas. Montañas, flores, manos estrechándose y escudos. ¡Eres una maga!, gritó el Potro, ¡una maga! Y antes de que se aburrieran, porque el tiempo de la infancia hace que todo envejezca rápido, salimos afuera y usamos el mismo truco para lo que encontrábamos. El Potro corría de una superficie a otra. Preguntaba: Seño, ¿aquí se puede? ¿Y aquí, Seño? ¿Va a salir? Claro, todo lo que toques con los ojos cerrados y lo sientas se puede, le respondía. Y ahí anduvo a ojos, tocando la corteza de la acacia y bordes de ladrillos. ¡Otra hoja, maestra! ¡Esto es magia! Y al volver adentro por las galletitas y la manaos, lo vi tocar el dorso de su mano izquierda, con los ojos cerrados, y apoyar una hoja encima. Entonces me di vuelta para atender a otro y ahí me avisaron: Seño, rápido, ¡el Potro está llorando! Y lo encontré muy tranquilo, llovido en lágrimas, la mirada en la mano que se descubría sobre el papel. Su existencia se multiplicaba en el mundo bajo su nuevo saber. ¿Qué pasó? ¿Quién te hizo algo? Me enojé. Nada, Seño, nadie, me tranquilizó. Y sin sacar los ojos del calco de su mano, las monedas, las cortezas, dijo: Se me apareció un recuerdo.

Entendí que cuando volvemos a decir, una y otra vez, algo con un tono más alto del que comúnmente usamos, es un subrayado sonoro de esa idea que creemos genial. Es decir, estamos seguras de que esta iniciativa sirve.

Distinto es decir: Dejo este lápiz acá por si alguien quiere escribir alguna cosita. Y apoyarlo con disimulo, al solitario sobre la mesa cercana a la cría. Después, espiar por el rabillo del ojo a la criatura: si se acerca silenciosa, unos momentos después, a tomarlo. Cuando sucede, se produce en el corazón de quien enseña la alegría de un pescador que encuentra un pez demasiado pequeño entre sus redes, lo besa y lo devuelve al mar.

A veces, si una manda: Agarrá el lápiz y escribí, existe el riesgo de que la criatura se sienta demasiado atravesada por una orden y obedezca por miedo o desobedezca por inercia. Esa fuerza que produce la autoridad. Pero hay distintos tipos de autoridades. Por eso las maestras astutas tenemos nuestros disfraces para las palabras. Decimos: ¿Esa nariz me está pidiendo un pañuelo? ¿Quién será el rey que junte los papeles del piso? Vos que sos tan valiente,

¿te animás a escribir todos los números hasta el 100? ¿Quién lee esta poesía mientras yo ejerzo mi derecho de comer una galletita? Te extrañé tanto, hoy vamos a hacer muchas cosas juntos. Estos disfraces llegan a ser tan buenos que hacen de la autoridad una cosa nueva. Quien alumna no tiene miedo ni se siente empujado.

Están juntas de pie en una foto quemada por el sol, que, sin invitación, entra desde atrás por un espacio entre las chapas. Marilyn a la derecha y Rocío a la izquierda sostienen una capa de friselina magenta. Les cubre el cuerpo y profesa: Amigas por siempre superprincesas. Pegado un parche con forma de corazón rojo. Al menos Marilyn sonríe seguro y se le ven los dientes. De Rocío no se puede decir que no lo hace, ni tampoco que está sería. Su expresión tímida captura un sereno temperamento. Lo mismo hace el brillo de sus ojos. Tienen la misma edad y entonces sus alturas desparejas son argumentos para afirmar: Cada quien tiene su propio tiempo.

Principió el viento un barullón en los árboles próximos al río. Las ramas azotaban los espacios vacíos del mundo. A las familias que sabían escuchar su aroma el aire anticipó el aguacero. De ahí que desde hacía rato preparaban tarros, ollas, baldes y fuentones bajo las goteras. Calentaban la grasa, pelaban papas y hervían agua. A razón del mismo plato, rehogaban cebolla y zanahoria. Tenían lentejas en remojo. Tomaban vino. Los televisores devolvían historias que cazaban con antenas dirigidas hacia el cielo gris furia que precede a la calma.

Las tortas fritas viajaban hasta el fondo dorado y burbujeante de la olla, se inflaban y subían. La madre del Dylan las sacaba y entregaba a sus hijos, que las nevaban con azúcar antes de llevárselas a la boca. Usaba una espumadera separada en la unión con el mango. Es decir, quebrada en la parte con agujeros. Esos por los que pasó el sol cuando ella la levantó a contraluz para lanzarla contra sus hijos que la hacían renegar. El golpe seco sobre el suelo dividió su herramienta en dos. Cuando cedió la bronca, Delia salió a buscar alambre por la casa, el patio, entre las chapas y entonces sus dos ojos negros hicieron foco sobre una silla remendada bajo la higuera. Tenía alambre de más. Puede compartirme un poco, se dijo. De ahí que se arrodilló frente al pedazo de madera y con una pinza cortó el nudo del hilo oxidado, desenrolló un tramo, como si descubriera el vendaje de una herida, y cortó. Con esto alcanza. Volvió a unir los extremos con fuerza, y con el breve segmento aseguró de nuevo las partes de su espumadera, que ahora entraba y salía de la olla.

Afuera sonó un baldazo de piedras heladas sobre el techo de chapa. ¿Dónde andará el Dylan?, preguntaba a la Nahiara, la Nurita y el Nicomedes, sentados a la mesa atontados frente a la pantalla. Un aguacero se abrió camino tras la piedra. Delia recostaba la masa en forma de círculos y la estiraba con una botella de cerveza. Les abría con el dedo índice un agujerito en el medio, para que al freírlas se cocinaran parejas. Dios, traémelo a mi hijo el Dylan, pensaba que decía en su corazón, pero decía en voz alta porque el Nicomedes la retó: Dejá escuchar.

La puerta se abrió y el hijo entró, cebando un charco bajo sus pies, con agua que bajaba desde su coronilla. El Joya se sentó detrás de él y sumió su cabeza, rogando ser invisible para poder pasar la noche adentro. El Dylan sonrió y sacó algo bajo su remera, y ahora qué me traés, se quejó la mujer. Le enseñó un pichoncito dentro de una botella, gris oscuro con pelachos amarillos que piaban su fragilidad. Lo cayó la tormenta, le explicó. ¿Cómo vas a hacer para que no se te muera?, preguntó ella. No dejo que se enfríe, respondió el Dylan. Y tomó las tortas fritas que su madre sacó para él, escurridas en el papel de la harina misma, abierto como la cáscara de una fruta. Las envolvió con un pulóver. Sobre ese cuerpo caliente de lana y trigo, puso al animalito, que al momento solo intentaba vivir.

El sol se levantó poderoso, decidido a salvar el daño de la lluvia. Acolchados, sábanas, ropas, zapatillas, todos pedían por él. Los tendales no alcanzaban y el algodón encontraba su lugar sobre las ramas de los árboles y los alambrados. El pájaro diminuto yacía débil. No bebía ni comía el pan mojado que el Dylan llevaba a su boca. Tarada, dijo y fue a preguntarle a su mamá: Por qué no come. Qué se yo, si te dije cómo ibas a hacer, le habló cansada y le mandó a preguntarle al padre, pero ahora no que duerme. Basura, se entristeció el Dylan. Hay que preguntarle a la maestra. ¿Qué maestra?, preguntó sumergida entre las prendas que estiraba en la soga. La de la escuelita, cuál va hacer. Hijo, si no tengo tarjeta para llamarla, y en el kiosco todo es deuda.

Refugió el bollo de plumas alto sobre el mueble del comedor. Cuidámelo, que ninguno me lo toque, pidió a Delia y salió montado en su bicicleta. El Joya lo corrió atrás con la lengua afuera y las patas ágiles, pero todavía con la caída torpe de los jóvenes. Cuarenta de bicicleta. No era que fuese tan lejos o él despacio, pero tres veces lo demoró frenar para acomodar la cadena. No sentía la sed, ni el calor húmedo que condensaba el río a su costado. Para sus adentros rezaba, aguantá. Y no acompañaba el pedido con ningún nombre. Y es que no se animaba todavía a darle uno.

Escondió su bici entre unas cajas al costado de la feria. Vos cuidala, habló al perro que para reponerse bebía el agua oscura de un charco. No era falta esconderla mucho, no imaginaba perderla de vista. Y con un impulso, tomó aire en el camino y se zambulló entre compradores de la provincia. Un cardumen confundido de aquellos que con apuro llenaban los bolsones azules de prendas para revender en sus ciudades. Silencioso se deslizó, quienes le veían la piel percudida aseguraban sus riñoneras con dinero bajo sus ropas. Hasta que encontró quien lo ayudaría: alguien distraído guardaba un vuelto enrolado en el bolsillo holgado de su pantalón. Entonces el Dylan se desplegó fugaz y liviano, un parpadeo que pasó sobre su espalda. Esa sensación invisible que a veces tenemos detrás de nosotros y nos eriza la piel. Nunca falta quien dice: Debe ser que pasó un ángel. Así le robó.

Disculpe maestra que le moleste, escuché a Delia. Entendida la situación, le pedí: Hablo con mi papá y los llamo en un momento. Tengan preparado para escribir, pídale a la Nahiara. Lo llamé entonces y él me dijo lo que la Nahiara anotó: Los pájaros tienen el cuerpo más caliente que otros animales. Unos cuarenta de temperatura, dicen. Nosotros tenemos como mucho treinta y seis, un perro treinta y siete y medio. A razón de esto, llenen una botella con agua caliente y envuelta en un trapo para que no se queme, se la acuestan junto. Es mejor ponerlo en una caja sobre papel de diario para que no se le enganchen las garras y pueda moverse. Después el alimento, papilla salida de la mezcla de comida en polvo de bebé y agua tibia. Y se la dan con una jeringa chica en el pico despacio. Para que agarre le tocan el pico con la jeringa misma. Eso cada tres horas. Y antes y después pueden darle tres gotas de jugo de manzana para deportes, que se compra en un kiosco así nomás. Tres gotas. Todo tres. Y si pueden, que lo pongan bajo un velador, aunque es una pena porque las lámparas de ahora ya no calientan. Decime cómo es, cómo tiene el pico. Ha de ser o paloma o torcaza, que es igual pero chica y clara.

Maestra, antes que se corte, el Dylan le quiere hablar. ¿Le pongo nombre, Seño? Mejor esperá Dylan y no dejes que se enfríe.

Habrá sido que dos pequeñas bestias estragaron suave y sin esfuerzo los huevos. Sin apuro una pequeña garra, un ala cuasilampiña, un pico y un ojo negro empujaron hasta lastimar la cáscara. La luz ciega del sol, de la cual los bichos intuían su existencia desde adentro, les habrá cruzado con su brillo la piel rosada y transparente de lado a lado. Será que la torcaza hembra que los escupió en su estuche de proteínas y cristales minerales llegó justo a tiempo para el nacimiento y no sintió culpa, pero sí las sintió desprotegidas. Tal vez ya estaba ahí. Lo que es seguro es que con su pico las ayudó a sacar lo que faltaba del cofre blanco que las incubaba, mientras se echaba sobre ellas intentando pesar nada, lo que una pluma, por temor de aplastarlas. Dudo, pero puede que haya dejado la desnudez de sus pequeños monstruos entre sus patas, y su pecho inflándose los vistió y abrigó. Se habrá curvado sobre sí misma y estirado sobre sus crías para darles un beso que las limpiara. Después será que abrió su pico y metió dentro el de estos animales propios, sin fuerza en nada, para que comieran del alimento de su buche. Habrá conocido sus huesos frágiles como la vida que los sostenían. Otra torcaza adulta estaría con ella. Arrullarían y juntarían los picos en señal de amor. Tendrían memoria del día que las fabricaron, en un vuelo de cielo rojo con nubes allá en el fondo, o habrá sido al costado del río. Seguro nadie las vio o capaz sí, puede que un niño andase con su onda cazándolas, pero al descubrirlas en el acto prohibido sonrió y las perdonó, entregado a la curiosidad. Salidas las crías, cumplieron veinte días sobre el nido, cómodo y seco, construido para ellas con palitos elegidos del amoroso azar del suelo. Este habrá sido lo que un ranchito en el nacimiento de una rama, con hojas que harían de techo agujereado. De día habrá pasado la luz para danzar con la sombra, y en la noche la luna habrá hecho claridad.

El viento principió un barullón y una de las pequeñas bestias, ahora ya con sus plumas nuevas que desechaban la pelusa amarilla en anuncio del gris avinado de su especie, cayó al suelo. La habrán visto caer las torcazas adultas impotentes ante la pérdida. O tal vez buscaban algo cerca de ahí y entonces encontraron vacío su lugar, cuando la piedra y el agua las dejaron volver. Lo que es seguro es que un niño corría con su perro. Escapaban del clima, pero uno de ellos por su don olió la mugre que tienen los recién nacidos y detuvo la carrera. El pichón no sabía nada de colores, pero vio una cara morena. Una mano se acercó para levantarlo, la perspectiva la viró enorme, hasta como un manto tapar su mirada asustada de bolita negra.

Algo intuí cuando abrí el portón de nuestra escuelita y el Joya saltó a saludar. Se me murió, habló el Dylan sentándose en el banco donde dormía. Habría trepado por el techo y pasado la noche ahí.

La tristeza lo volvía anciano, curvaba su espalda hacia adelante, unos pocos centímetros. Apoyó una caja sobre sus rodillas percudidas y flacas. Esperó y descubrió la tapa, el pájaro yacía con su párpado que dejaba ver un guioncito del destello de su córnea. Estirado por la muerte parecía más largo que un pichón. Y en la cara de este niño, seca como un talón, se desarrolló una lágrima gorda y espesa similar a la savia de los árboles. Le siguieron otras, suaves y mudas. Pequeños eslabones de una cadena brillosa. Tenía el gesto duro de un hombre grande al que se le enseña: No llores. Me senté a su lado, lo abracé y bajo ese amor, permaneció quieto. No le di nombre, dijo. Y ahí me recordé su pregunta al teléfono y entendí mi error. Guardé el llanto propio que intentaba asomar y me vidriaba la mirada. Esta era su tristeza y su esfuerzo de decirla. Si le hubiera buscado nombre, ¿habría vivido?

No todo lo que tiene nombre vive.

Cruzamos al río y de la tierra a su orilla, levantamos cachivaches hermosos. Flores y adornos. Encontramos manzanillas y mostazas etíopes que crecen junto a él. Dientes de león. Colas de zorro y juncos. Usamos tijeras para cortarlos. Oro y cristales: chapitas de latas de cerveza y vidriecitos rotos azules, rojos y miel. Un collar de cuentas violetas y tuercas plateadas. Un quiebre de plato con jazmines pintados. Otro donde el retazo dejaba ver un paisaje verde con un caballero antiguo que hacía un gesto de reverencia a una dama. Otana miraba la pintura, repetía el valeroso movimiento del caballero y se quedaba quieta como una estatua. Volvía a mirar, lo ajustaba y volvía a congelarse. Eso es de varón, la retó Lucila. Dejé pasar el comentario que se escurrió entre las otras cosas: un esqueleto de un pequeño auto de carrera, una lapicera dorada que no funcionaba y un alhajero sin tapa, donde metieron ceritas; rojas, azules, verdes y amarillas. Con palitos de helados hicimos una cruz. No recuerdo quién nos prestó una pala.

Abrimos un pozo profundo en el espacio, como la antigüedad es al tiempo, bajo la acacia que sonaba con el viento. Suave el chasquido de sus chauchas sobre nuestras cabezas, silenciaba y las volvía a sonar, empujada por la corriente de aire. Nos turnábamos con los grandes para la fuerza. Los más chicos se ofrecían para ayudar revolviendo la tierra, que el aguacero había dejado amable para ser movida. Pero yo les decía: No, es peligroso. Y les contaba la historia de mi abuela y su hermano mayor cuando le cortó un dedo con la pala, mientras ella buscaba lombrices para pescar. El índice a esta altura, les mostraba, y le quedó una uña que se asomaba así, como un cuernito. ¿Y no le volvió a crecer?, preguntó Ramiro. No, las partes del cuerpo no vuelven a crecer. ¿Y el pelo? El pelo sí y las uñas también. Pero cierto, Seño, dijo el Potro, que las lombrices si las cortás en dos se hacen dos y si las cortás en tres se hacen tres. Cierto.

Pusimos la caja dentro del pozo. El pájaro dentro de ella nos miró asomarnos sobre él y rodearlo con los tesoros del río. De ahí que entendió, estoy muerto, y sintió tristeza. Flores y brillos mentían metales valiosos, labrados por orfebres. También dejamos cartas con dibujos y poemas. Clavamos en la tierra la pequeña cruz. También velas que trajo Lucila, rejunte de todos los cumpleaños, con formas de tirabuzón y números, lisas, opacas y bañadas en brillantina. Intenté reparar, pregunté: Dylan, ¿querés darle un nombre? José, dijo. Y corrió dentro a buscar un lápiz para anotar este título de cuatro letras en la cruz de palitos de helado. ¿La de gato con la O? La de Jesús, le soplaron. Hay que rezar, pidió Nano. ¿Querés?, pregunté al Dylan, que dijo sí y después pidió: Mejor vos. Ahí que hablé: Que José pichón de torcaza llegue pronto hasta su nueva casa. Donde va a crecer y tener la vida larga y hermosa que el Dylan quería entregarle. Que ya no tenga dolor, ni hambre, ni sueño. Y que no extrañé a su mamá, me sopló Lucila. Y que no extrañé a su mamá. Y si un día vuelve al mundo, nos guiñe un ojo para que lo reconozcamos. Amén.

¡Amén, amén y amén!, celebraron las tristes crías del barrial y arrojaron al pozo puñados de tierra.

El día que encontró al Joya, atardecimos juntos. No tenía turno para trabajar de moza. Eso que parecía malo por el dinero fue bueno cuando el Dylan llegó con el cachorro, y yo pensé: No sé si vive. Se irradió un arcoíris de un corazón a otro corazón. Desde mí hacia el Dylan, y desde él hasta el Joya.

Lo verdadero es que también fue desde el Joya hacia el Dylan y desde el Dylan hacia mí. Pero además desde mi papá para mí, que me dijo: Estudiá, hacete un oficio. Y desde mí que le dije al Dylan: Que no se enfríe; y desde el Dylan que dijo: Vamos, tomá, al Joya. Y el Joya vivió y entonces irradió sobre el Dylan. Y cuando volví al otro sábado, el Dylan llegó a la escuelita y entre sus manos cargaba al Joya, que se paraba con los ojos abiertos y nos hacía a todos suspirar. Dylan dijo: Gracias, Seño, y yo pedí: Dame un beso. Y cuando me fui llamé a mi papá, le pregunté con alegría cómo estaba y él me dijo: Acá cambiándoles el agua a los pájaros. Y le conté: Vino uno negro tornasolado al árbol en la ventana de mi casa. El respondió: Son tordos esos. Y yo corté la llamada y silbé al pájaro que picoteaba bichos al árbol para alimentarse.

Entonces este arcoíris directo desde un corazón a otro corazón va y vuelve. Algunos le llaman vínculo. Cuando estudié para maestra decían: No podés enseñar a un chico que tiene hambre. Y capaz es cierto pero capaz no, los chicos andan con hambre todo el tiempo y aprenden cosas todo el tiempo también. Es decir, hay que darles de comer para que no tengan la barriga triste, pero no para que aprendan. Aprender aprenden. Pero nadie decía: Podrás enseñar cuando haya un arcoíris directo de un corazón a otro corazón.

Salí de una mujer triste, sin embargo, vino en tren, después en micro y hubo un momento muy especial de todo, en el que las personas como ella comenzaron a poder comprar. Planes y cuotas sin interés, ofertas de verdad. Y viajó en avión por primera vez. Contaba cómo había conseguido la promoción para el pasaje accesible. Eso ya era una aventura. Después la estrella del relato, cómo había sido el despegue. Fue así, me agarré fuerte y cerré los ojos, después que las chicas que muy bien vestidas y maquilladas, los perfumes, avisaron que íbamos a despegar. Y el piloto del avión saludó a los pasajeros muy educado. Y entonces sentí cómo el avión empezó a andar y lo ves por la ventana. Es una fuerza toda para abajo, mientras también una fuerza toda para arriba, y ahí cerré los ojos fuerte fuerte. Es un cachito que tarda en despegar, pero no pude abrir más los ojos, sería el susto. Las chicas me preguntaron: Señora, ¿está bien? Y yo dije: Estoy, es la primera vez que ando en vuelo. Y me trajeron de tomar lo que quisieras, podés elegir café o gaseosa o jugo. Tomé gaseosa y también pude elegir café y una porción de budín.

Repasaba la historia y avergonzada se interrumpía: Ah, ya te lo conté. Pero yo le decía: No hay problema, y la escuchaba con alegría para ella y curiosidad para mí, porque tampoco todavía había volado.

En esa visita me regaló acompañarme el sábado. Y los chicos, cuando la vieron llegar con el anuncio, es mi mamá, no podían creerlo y yo tampoco. Ellos no acreditaban porque la mayor parte del tiempo creen que sus seños salimos de repollos. Y yo porque ella era una mujer de no conseguir acompañar tanto. Le costaba salir de la casa. Los primeros años lo contrario, estar adentro era un aburrimiento insoportable que calmaba nada. Lo que al principio ella pensaba, nunca voy a acostumbrarme, se le hizo costumbre.

Tan grande era el sentimiento por la visita que le agarraban la mano, la besaban y abrazaban, como a los adultos ya no nos sale hacerlo. La Nahiara se le sentó al lado y le cebaba mate, y el Potro del otro lado le apoyaba la cabeza en el brazo y la olía. Se apretaban sus rodillitas juntas en los bancos, arqueaban la espalda y encogían los hombros para estar cerca. Me decían: es más linda que vos, es más buenita que vos, parece más joven que vos. Mi mamá se reía: Son piroperos. También me decían: ¿Y si dejás de venir y ahora viene siempre ella? Después aclaraban: Joda joda. Y mi mamá sonreía: Qué suerte porque en mi casa me espera mi marido que no sabe usar el lavarropas. Y todos se reían. Conversaron todo el tiempo y pudimos hacer nada. Cuando el Dylan llegó a la clase preguntó: Cómo viniste hasta acá. Ella narró la historia del avión, el despegue y lo que te dan para elegir, de paso que todos la mirábamos con los ojos grandes cargados de esa llama ante la promesa: Vas a divertirte.

Salía de casa y a veces iba directo, pero otras pasaba antes por la zona comercial, donde todo está más barato, y compraba lo que hiciera falta. La vez que mi mamá nos visitó, me vio gastar 60 y sabía que me pagaban 100. De ahí que preguntó: ¿No te queda nada? Pero la verdad es que, al finalizar las cuatro clases, yo tenía que avisar a la Directora y ella me las pagaba, junto con lo que hubiera gastado en materiales. Entre la culpa que me daba cobrar y que yo quería darles eso a mis chicos, llevaba mal las cuentas, pasaba menos y a veces nada. Decía: Dejá, no importa.

Puse empeño y dedicación en mostrarme bien dispuesta todo el tiempo, cuestión de que al momento de rendir cuentas, merecer. Había aprendido desde temprana infancia. Mi papá me dio un tarro de dulce de leche, vacío y lavado, y a mi hermana una lata de arvejas. Nos explicó: Cuando vuelva de la fábrica voy a preguntar si ayudaron, y cuando su mamá diga sí, les voy a dar dos billetes a cada una. Éramos más bajas que el palo de escoba y nos esforzamos por barrer, ordenar, planchar y hacer las camas. Mi mamá no era una patrona fácil de hacer expresa su aprobación.

Fue un tiempo breve en el que él llegaba y preguntaba: ¿Ayudaron? Y si su esposa decía: Ayudaron, nos daba y lo metíamos en las alcancías. También había muchas otras veces que ella nos desaprobaba. Poco y nada, decía. De ese tiempo ahorré lo que para mí era un montón de dinero, que usé en gaseosas para mí y para cada uno de mis hermanos un día en el que fuimos al centro a mirar vidrieras.

De ahí será que varias veces me encontré diciendo: Solo sirvo para trabajar. No servía para gastarlo. Solo en lo necesario para mí, materiales para enseñar y regalos cuando volvía de visita a donde nací. Pero también gracias a eso, todos los patrones siempre me daban trabajo y confiaban en mí. Después, al ser docente, seguía viendo a las directoras como patronas y a las otras maestras también. Será por eso que cuando me reunía con la directora de la escuelita, yo era de nuevo esa niña más baja que cualquier escobillón, mostrando pruebas de lo que hacíamos, como si la pregunta ¿ayudaron? se me hubiera escrito con tinta, en un papelito muy profundo, dentro mío. Ella muy contenta con todo me preguntaba: ¿Cuántos van? Y yo respondía: Diez o doce. Entonces decía: Son pocos, tienen que ir más, podemos imprimir avisos y dejarlos por las casas. Yo decía a todo sí, como si aún sostuviera entre mis manos el tarro de dulce para recibir mis dos billetes.

De qué valía mi título bajo el brazo si no lo sabía usar como había prometido mi padre.

Tampoco me animaba a contar las lágrimas en el colectivo de vuelta ni las siestas para reponerme, que duraban horas. La sensación de poder nada. Las clases enteras perdidas por las peleas. Todo eso que mostraba para ella era la parte decible de mi tarea. Dulce de escuchar. Y si bien es cierto que yo buscaba aprobación, me doy cuenta ahora que escribo de que esta parte decible es la que sobrevive en el corazón de una maestra.

Esta es acaso de las más bonitas que guardo. Cristina lleva, sobre su ropa deportiva roja, una pollera de tiras multicolores y una capa negra. Una máscara con tres agujeros por donde sacar sus ojos, su boca y su nariz. De la coronilla le prende un crisantemo de plástico con pétalos amarillos y anaranjados. En el disfraz de Ruth prima el rosado. Corren con las bocas abiertas y levantan el puño derecho. Detrás se ve otra escena capturada por el accidente de la casualidad. La Nurita llora sentada en el piso. Junto a ella está agachado el Dylan, acomodando la cadena de una bicicleta tirada en la tierra. El amplio cielo celeste es interrumpido por esponjosas nubes blancas.

Cuando estudiaba, leíamos pensadores que veían a los alumnos y a los maestros de distintas maneras. Estaban quienes decían: El sujeto aprendiendo es un papel en blanco donde el sujeto enseñante escribe. Después había quienes eran unos héroes que no decían nada fuera de lugar, hablaban de una llave que sirve para saber y decir quiénes somos. Un puente para construir la propia identidad con otros, para liberarnos de los asientos numerados que nos dan cuando llegamos al mundo, que nos dejan al servicio y la miseria de quien tenga más poder. Aunque sea un poco más, pero más. Esa llave sonaba maravillosa y gloriosa. Necesaria y posible.

Me emocionaba, pero al comenzar con la tarea solo me salió hacerme preguntas: ¿Cuántas maestras se necesitan para cuántos alumnos? Y si tienen hambre, ¿se necesita comida o se necesitan más maestras? ¿Cuántas se necesitan para acarrear una bolsa con dos sachets de yogur? ¿Cuántas para volver a poner un techo que voló una tormenta? En una apuesta por bolitas, ¿el que pierde está obligado a entregarlas? ¿Aprender a sumar contando dinero es menos matemático que aprender a dividir comiendo galletitas? Y si aprendieron, pero se lo olvidan, ¿sucedió el aprendizaje? ¿Qué vale más, una maestra que enseña cóncavo convexo o una que hace gelatina una tarde de calor? ¿Se puede invitar a los alumnos a pasear? ¿La autoridad siempre es mala? ¿Y la obediencia? ¿Cuál es la trampa de la palabra vocación? ¿Y de la palabra ortografía? Si mis alumnos se portan mal, ¿no me respetan? Y si no quieren aprender, ¿no me quieren? Si me pongo nerviosa y grito, ¿vale pedir perdón? ¿En qué se transforma una maestra cuando su alumno crece?

Una vez los reté fuerte, no querían hacer mi plan para la clase, ni escuchar consignas, menos explicación. En vez de eso, barulleros, peleaban y jugaban. Entonces levanté la voz contra ellos, y se mostraron sorprendidos e hicieron silencio. No grité por falta de paciencia, sino porque creía que sabía lo que era bueno. Dejaron de pelear y salieron. Secretearon. Después volvieron y sin dirigirme la palabra, se llevaron todo el plástico que había en la escuelita. Un grupo de vecinos salía a limpiar el río y guardaba ahí las botellas que encontraba. Anduvieron frente al río juntando también y lo cargaban en una bolsa de consorcio. Yo lo veía todo desde adentro, pero ya no decía nada. Dada por vencida quedé de tanto que les llamé y el vacío inquebrantable que me infundieron. Dios no castiga, los intentaba aleccionar Lucila. No entendía para qué hacían lo que hacían. Solo preguntaba: ¿No me van a hablar más?, y me aguantaba llorar. Aunque era una maestra recién parida, sabía que una seño que llora ante el reto de sus alumnos pierde. Tenían un pacto de silencio y un plan. No me respondían ni para decirme: Ya no vamos a hablarte. Los veía ir y venir, triste porque pensaba no van a aprender nada y yo había ido hasta allá, despertado temprano, para qué. Mi tarro de dulce vacío.

Lucila se volvió compasiva con una voz invisible y me dijo: Seño, es para vender. Volvieron a salir y a entrar y se sentaron dentro en los bancos a esperar. Era un misterio, pero que hubieran vuelto me trajo alivio. El Dylan y la Nahiara llegaron un poco después con una bolsa del kiosco, llena de helados de agua. Repartieron y se sentaron con los demás a disfrutarlos tranquilos. Fríos se derretían en las bocas y les pintaban las lenguas y los labios. Rosa frutilla, naranja naranja, blanco limón. Ahí que el Dylan me dijo: Seño, ¿querés?, en señal de amistad.

Llegado el fin de año, de ese mi primer año en la tarea y el primer año de ellos conmigo y el nuestro juntos, vino la Directora a visitarnos. Una fiesta para la que mandó a comprar pan, jamón, queso y mayonesa. Galletitas surtidas: anillos de chocolate y vainilla con glasé rosado, violeta y celeste. Miraba con alegría y repetía: ¡Qué hermoso! Todos se portaban con un poquito de solemnidad y mostraban lo que habíamos hecho. Este es el mío y este el mío, levantaban los trajes en la percha o los desfilaban puestos. Leían poemas y cuentos, con la lengua trastabillando, pero bastante parejos, y ella decía: Son genios. Exhibíamos dibujos pegados en una chapa. Señalaban: Este es el puente para cruzar de la Ciudad para acá por el río, pero atrás le hice unas montañas para que sea un paisaje. Este es el Dylan cuando salvó a la Alacina. Esa soy yo con mi abuela que está en el cielo. La Directora celebraba: ¡Son artistas! Y ellos sonreían inflando el pecho como globos de cumpleaños.

Abrimos el pan al medio, pusimos el queso y el jamón. Untamos la mayonesa. Armados los sánguches, sacamos la mesa bajo la acacia, que nos cuidara del calor. Servimos la manaos fría. La Nahiara que era buena en matemáticas repartía: Son dos para cada uno, no se hagan. En dos platos volcamos las galletitas. Y la Otana renegaba asustada: Seño, ¿por qué sacamos la mesa afuera?, nos van a venir a comer todo. Y la Directora se divertía: Comé tranquila. Todos comían y bebían silenciosos. Ramiro sostenía en una mano un anillo de chocolate y en la otra el pan. Mordía uno y tragaba manaos, y mordía el otro, y así. Masticá con la boca cerrada, lo retaba su hermana, y él decía: Si cierro la boca cómo querés que haga. Se escuchaba el colectivo pasar en el camino de la ribera y las hojitas de los árboles sonaban como cascabeles al viento. Los chingolos anunciaban felicitaciones con su canto. ¡Oveja que bala, bocado que pierde!, me reí de ellos con alegría por su concentración. Algo que aprendí de mi abuela. ¡Eh, no insultés, Seño!, se sorprendió el Potro. Y yo me sonreí: Cómo los voy a insultar. Y Cristina lo sopapeó: No seas atrevido. Y la Lucila dijo: Bala es un insulto. Oveja que no habla no pierde comida, les expliqué. Pero yo no soy oveja, se quejó el Ramiro. Y el Dylan se burló: No pero sí sos bala. Y se largaron todos a correr y a perseguirse y a pelear, suaves y livianos como cachorros que practican su mordida blanda. Conectamos el equipo de música, y fueron a sus casas a buscar discos de cumbia para celebrar con pasos de baile, sobre el pasto o elevados en los bancos, el final del año pero también la llegada del verano.

SEGUNDA PARTE

Lo despertó la sed y ya no pudo dormirse. Miraba el techo de la habitación que le habían dado y encontraba dibujos en las manchas que descascaraban el cielo raso. Los cielos, siempre los cielos, centelleantes para él. En el retazo de la noche sobre su cabeza, apretadas todas las estrellas y el polvo luminoso que desprenden en sus bordes. Nadie sabe decir sus nombres, pero todos las admiran porque las miran y piensan: Qué bonitas. Dylan no quería estar ahí, aunque pidió estar ahí. En realidad pidió ayuda y ahí estaba por la voluntad que le seguía siendo propia, aunque por momentos demostraba lo contrario. La humedad del techo dibujaba una chancha. Gorda como la Nurita, se rio y extrañó a su hermana. Y de ahí hizo otra memoria, de la vez que, no hacía tanto, salió al patio a buscar qué entregar a cambio de un billete para otra Bocanada.

Adentro sus hermanas dormían, los hermanos también. ¿Pensó en la Nurita antes de hacerlo? Pensó en la Nurita, pero con imágenes de una memoria anterior: su mamá que llevaba a su hermana dentro. Un poroto abrigado, entre algodones embebidos en la propia infección del cuerpo que le había pasado el marido. Y que a él le había pasado vaya a ser cuál puta, así la escuchaban siempre hablar los hijos. A su hombre, que no era suyo, la infección le caminaba silenciosa en su interior y la desparramaba. En cambio en ella pronto iba a empezar a hacerle síntoma. De ahí se enterarían, cuando la Nurita ya estuviera fuera y con el contagio.

En esa imagen, que acostado hizo un recuerdo por ver la mancha en el cielo raso, la mujer que lo crio salió a trabajar. Les había dicho: Pórtense bien que se quedan solos. Vos, Nicomedes, estás a cargo de todos y vos, Nahiara, a cargo del Nicomedes. Los mayores andaban por la calle. Si se pegan, cuando vuelvo cobran. El embarazo le cargaba la panza como si hubiera tragado semillas de sandía, y estas germinaron y crecieron hasta dar su fruto.

Eran buenos solo que hambrientos, y a razón de eso la Nahiara puso a freír huevos, para tener donde mojar el pan. El Dylan quería saborear de cerca el dorarse del borde de las claras y la entorpecía. El aceite engañoso explotó y asustó a la hermana, que tomada por sorpresa y ardor soltó la sartén. El aceite cayó rápido y quemó el borde izquierdo de la quijada del niño, este que les cuento, mi alumno que era. Bajó hasta el cuello la marea de lava liviana e hizo desembocadura en su pecho. El Nicomedes, que era más grande pero en ese momento también chico, lo subió en el caño de la bici y pedaleó con el Dylan hasta la salita del barrio. Hubo de ser por la hora anochecida, estaba cerrada. De ahí pedaleó hasta la del barrio junto al de ellos. Cerrada también. Ahí que encaró de nuevo sin saber a dónde, y cruzaron al Ismael, que en esos días cartoneaba y dijo: Querido, es para hospital. Y los cargó con la bici en el carro.

Azotaba las riendas a su yegua marrón para que apurara el trote, aunque mucho tampoco pudiera por los coches. Les iba diciendo: Vos tranquilo, querido, y no se sabía a cuál de los dos le hablaba. Pero el Nicomedes lo tomaba para él y el Dylan para el Nicomedes, que le temblaba la mano pero lo consolaba a su hermano, como tenía aprendido con estas palabras: Ya está, no seas maricón. Y le intercalaba diciendo: Ya está, no es para tanto. También le decía: Y para qué te fuiste a meter ahí, cabeza. Mientras iban los dos sentados en la parte de atrás, espalda con espalda con el Ismael. Por avanzar a ciegas y en reversa, se les aparecían las cosas cuando ya habían sucedido. Eso les mareaba. Ya llegamos, negro, tranquilo.

Los hermanos cruzaron por primera vez el puente, que aunque era blanco y ocre, con sus adornos de dama antigua que habían aprendido en la escuela, estaba lleno de pinturas y palabras. Qué dice, preguntó al Nicomedes. Qué sé yo qué va a decir. Y por el costado les pasaba la escritura celeste y blanca: Proyecto Nacional. Así entraron a la Ciudad y al precioso engaño de sus luces. A la distracción de los edificios, que crecieron veloces sobre sus cabezas, haciéndolos sentir solos y pequeños. Se ensanchó la avenida, se multiplicaron los semáforos y los colectivos. Los autos devolvieron bocinazos y quejas, detrás de sus ventanillas, porque andar con el carro de ese lado del mapa no era ley. El cielo desapareció.

La Nahiara quedó lamentándose. Lloraba: Por mi culpa va a morirse, y le pedía a Jesús y le hacía promesas: voy a ser buena, voy a hacer mejor la tarea, voy a y completaba con lo que se le ocurriese, que acaso la memoria es más creativa para el futuro. Entonces escuchó el ruido de la chapa, la madre corriéndola, gritando: Llegué. Y ahí salió su hija entregada en llanto, no podía hablar del ahogo que le producía, por lo que Delia la cacheteó. Decime qué pasa. Y sabido qué pasaba, primero le dio otro cachetazo por ponerse a freír huevos, y después otro por no dejar de llorar. Y la llevó de los pelos dentro, que limpiara el desastre. Cuando estuvo tranquila la abrazó y se sentaron juntas en la vereda, para hacer el arte de las mujeres, la espera. Ni siquiera llegaba el marido, nunca se sabía cuándo llegaba ni cuándo se iba, de este nunca se sabe nada, decía la esposa. Y bajada la noche, las vecinas cargaban tarjetas para comenzar a llamar a los hospitales cuando lo vieron llegar al Nicomedes solo en la bici a toda máquina, con las arritmias en el movimiento que producen los pozos de la tierra, para frenarse y decir: Quedó internado. La madre a esa altura era poco de llorar.

No es que se acordara del hospital porque ahora estuviera internado, sino que en realidad él vio la chancha y se acordó de ese día que estaba por hacer lo que iba a hacer y antes de hacerlo pensó en la Nurita. Y al pensar en ella recordó la tarde del accidente con suerte, donde se quemó y lo ayudó su hermano, llevándolo en la bici y el carro y el esfuerzo de la yegua por apurar el trote. También la Ciudad por primera vez, que nunca había conocido. Y la sala del hospital en penumbras, que compartía con otros chicos. Algunos se quejaban, y eso le daba mayor miedo que ardor la herida. Le habían dado de cenar y la cama era cómoda y toda para él; no tenía ni que compartirla y se sentía la sábana limpia. Sin embargo, pensaba: Quiero irme a casa. Una nena le habló desde otra cama y él no respondió. A razón del ojo vendado y su pelo largo y rubio casi plateado, le pareció un fantasma y cerró fuerte sus ojos. Entonces escuchó la voz más dulce de la tierra que había llegado para acariciarle el corazón. Hijo, ¿estás acá?

Ahora tanto tiempo pasó de eso, estaba en el hospital de nuevo y se abrazaba a su sábana hecho una bolita. Los recuerdos lo apretaban con su nostalgia y le hacían sentir falta. Mismo que cuando era niño, pensaba: Quiero irme a casa, aunque no sabía bien dónde sería. Tenía que curarse del vicio, que se habían agarrado con el Nicomedes. Pero él se lo agarró peor, porque era bravo y si no tenía para comprar conseguía, en cambio su hermano se aguantaba más.

Así hizo aquella vez, se metió en el corral del patio donde tenían a los animales y agarró la chancha, que engordaban para celebrar la Navidad. La alzó en brazos como a un bebé, estás pesada, gorda, le dijo cariñoso. Y caminó junto con el Joya, al costado del río, hacia el barrio siguiente. Se metió en lo del Ismael, se paró en la puerta, saludó y alzó más alto el animal mostrándolo. Preguntó: ¿Cuánto me da? El vecino se entristeció, porque todos ahí conocen bien sobre el asunto. Y aunque el tiempo sin cruzarlo y la pubertad habían hecho ya el estrago natural en su cuerpo al estirarlo, lo reconoció. Se aseguró de que era él por la cicatriz que le bajaba de la mandíbula hasta el pecho, y la sonrisa encantadora que se le escapaba aún sabiendo que hacía maldad. No mijo, hoy no. Llevala a su casa. Es mía, mintió, y salió andando directo a la casa de la prima de su mamá, que se la vendía. Le pidió: Tía, cambiámela por la chancha que me ando loco. Y ella lo descansó un poco, pero negoció.

La Bocanada y su mamá cocina torta frita y él es siempre un niño abrazado a su cintura con todos sus hermanos. Anda encima de la Alacina y salen en el carro a juntar cartón y escuchan las últimas cumbias que pasan en la radio y las más viejas, que también pasan en la radio. La Nurita aprende a caminar y dice por primera vez su nombre, Dylan. Anda en bicicleta a orillas del río con el Joya, que corre a su costado, pero también duerme en su estómago de nuevo chiquito, el bollo negro de pelos que fue. La madre vuelve de la muerte, se pinta de rojo y le dice sonrisa: Esta boca se valbaile, y le tira un beso. Y esa boca es también la de la Rocío, que lee un poema, toma manaos y se le vuelca en la remera, que le transparenta dos botoncitos en el pecho. La Bocanada es todas las manaos del mundo y las galletitas y los helados de agua. Su Seño, yo que era, y todas sus maestras buenas. Su antifaz y su capa negra. Un pájaro caído de su nido, que crece abrigado entre las tortas fritas que sigue sacando su mamá de la sartén, mientras él y todos los hermanos abrazados a su cintura miran la tele. Es la infección retrocediendo. Es la muerte pidiéndole perdón a su madre, y ella que responde: Te perdono. Es el paso del tiempo compasivo con él, devolviéndole lo perdido y lo que no tuvo y dándole más. Es eso junto y en simultáneo, hasta apagarse y llevárselo todo.

Llegó un pastor a visitar. Encontró al Dylan sentado haciendo nada. Sintió el espíritu que le mandó:
Hablale de mí. De ahí que señaló una silla frente al
chico: ¿Puedo? Y el Dylan le hizo me da igual con
los hombros. Se sentó y puso sobre la mesa un libro,
tapa negra y hojas de borde dorado. Atinó a comenzar a leer y el Dylan preguntó: ¿Lo leíste todo? Un
día con la Seño, una maestra que yo su alumno que
era, leímos uno. Casi todo, le respondió, y amagó a
leer, pero el Dylan otra vez: Espere, ¿poesía o cuento? Digo, porque la Seño avisaba si iba a durar mucho
o poco. El pastor lo miró con ternura: Es corto. Entonces poesía. Leyó: Aquel que quiera salvar su vida
la perderá. Y aquel que la entregue vivirá. El Dylan
sonrió: En esa andamos por ahora. Ahora le digo,
lo que leyó parecía adivinanza, ¿sabe alguna? Hijo,
¿qué te trajo acá? ¿Esa es la adivinanza? Qué me va
a traer, si estamos todos por lo mismo. A usted qué
lo trajo acá, que no va a pasear con lo lindo que está.
Entonces el siervo de Dios pensó: No le entra una
bala, pero dijo: Vine a traerte una oportunidad para
llenar el vacío de tu corazón. Y el Dylan se rio: Yo lo
que tengo vacío es el bolsillo, y no le digo la panza
porque acá se come todos los días. Por eso mismo,
hijo, Dios quiere darte prosperidad. Este chico cre-

cido bajó la mirada, pensó y respondió: Hijo ya no soy de nadie y si me da plata, ¿en qué me la gasto? Ahí tiene la adivinanza, se rio. ¿Cuál es tu nombre? Dylan. Dylan, todas tus cosas pueden ser hechas nuevas para siempre. Lo miró con incrédulo dolor: ¿Y cómo va a hacer para eso? Tenés que decir: Señor, me arrepiento. ¿De qué?, lo burló. No te entra una bala, se entristeció el mensajero. Dylan sonrió con un brillo amargo en el fondo de los ojos. Por ahora vengo zafando, dijo. El pastor se sintió a punto de cautivarlo, continuó. Existía un Dios que pensaba en él y podía ayudarlo. Tenía que decir me arrepiento y todas sus cosas serían hechas nuevas para siempre. Sería libre de la Bocanada y cambiado su corazón por uno bueno. ¿Qué tiene de malo el mío? Él todavía era un chico. Ahí que dijo: Dios quiere hacer negocio conmigo y la Seño decía que la gente buena no hace negocio con chicos. El pastor respondió: En realidad quiere darte un regalo. Y bueno, si es regalo qué espera, lo desairó.

Mientras al Dylan lo internaron, yo prosperaba de moza a maestra, que iba a la escuela en colectivo y a veces en bicicleta, que hace más rápida la Ciudad. Desayunaba amaneceres: el sol sería que sale del este todos los días, incluso cuando no hay nadie para verlo, pero siempre hay alguien que lo ve y dice: Qué bonito. Tal vez sea una maestra mientras pedalea o su alumno, en la ventana de la pieza que le asignaron. La luz naranja recorta la geometría de la Ciudad, que se ve de lejos como un castillo para los que viven en el contorno de su figura. Usé una brújula como me enseñó esa maestra, que también tuve una, asistida por una ventana, su resplandor de la mañana fría y los puntos cardinales dibujados en el pizarrón.

El hombre del que salí odiaba a los pobres, es decir, se odiaba a sí mismo. En realidad, se avergonzaba de ellos y entonces su vergüenza era para sí mismo, pero no era vergüenza sino lástima. Lástima por los pobres, lástima por sí mismo. Culpaba a los pobres por ser pobres, y ahí se culpaba a sí mismo y consigo mismo a su riqueza única, será que éramos, la esposa y los hijos. Lamento señalarte este error, pero estuviste convencido en tu trabajar pesado y buena conducta para alcanzar riqueza. Cuando comprobaste que no, fuimos a la iglesia. Tuviste ilusión. Cuando viste que no alcanzaba con Dios, te rendiste: Es algo mío, dijiste. Hay quienes patean una piedra y se convierte en oro.

Le hablé del niño con el que yo me encontré entre muchos otros, y de la luz de una nueva estrella que yo deseaba para él. Me dijo: No quieren trabajar. El cartoneo no es trabajo, pedile a Dios para que los salve. Como si hubiera olvidado quiénes somos y quién es Dios. Tal vez perdió el recuerdo por la vergüenza misma, intentaba despegarse de los suyos.

Él sabía que hubo una época de despidos y cierre de fábricas. Me explicaba: Cerrar una fábrica es igual que se hace en el campo con una comadreja. Se la encuentra entre cajones, abrazadas a su vientre las crías. Se gasta solo una bala para la madre. La falta de esta garantiza que poco tarde en morir lo que esté vivo a su alrededor. Decía esto porque conoció el sonido del portón pesado que bajó tras la espalda de él y sus compañeros. Echados a dónde sin saber hacer otra cosa, golpeó contra el suelo y sonó como una guillotina. A razón de esto fue inteligente para conmigo, me insistió: Estudiá, hacete un oficio.

Lo que no sabía es que mientras algunos sobre-vivieron a la hambruna reciclando el cartón otros lo hicieron vendiendo la Bocanada. Después pasó lo que me pesa escribir. Pero antes hago estas palabras para que sepa, porque de él conocí el poder del aprendizaje.

En los horarios libres de la fábrica, mi papá construía artefactos para la casa. Les saqué una foto a los que para mí fueron preciosos y todavía conserva. Una espumadera y un pisapapas plateados. En el plano detalle, están sostenidos con sus propias manos toscas que dejan ver las nervaduras del tiempo y el trabajo. También su vientre se insinúa debajo de un buzo de lana marrón. Atrás, los ladrillos sin revocar de la casa y las plantas, porque le pedí: Salgamos afuera para usar a nuestro favor la buena luz del sol.

Cierto es que antes de la Bocanada, cuando la infección de la Delia comenzó a hacerse sentir, a ella le costaba ir al hospital para seguir tratamiento. Y a los hospitales les costaba tener la medicación, los turnos y mirarla con ternura. Los remedios no llegaban siempre y le decían vuelva, pero ella no estaba para andar yendo y viniendo, y se dejaba estar. No porque fuera dejada, es que tenía la costumbre de aguantar y hacía la limpieza doce horas en un salón de fiestas los fines de semana. El resto de los días salía con el carro a juntar cartón. La Nahiara, la Nurita y el Dylan la acompañaban y ella les transmitía el oficio. Si alguien se enoja que estamos revolviendo, miran para otro lado y agachan la cabeza. Cuando hagan fuerza, pongan la panza dura, así no se les hace hernia. El cartón vale más, es lo que tienen que tratar de encontrar. Desarman la caja y la aprietan así, ¿ven cuántos entran?

Juntaban para comer, pero Delita guardaba algo para los quince de la Nahiara. Las nenas lo contaban orgullosas y decían: Después va a tener que juntar para los dieciocho del Dylan, pero falta. Y después para los quince míos, se ilusionaba la Nurita. Entonces se volvió seguido que sus hijas salían al encuentro del tren que pasaba a buscarlas y cantaban: Nuestra mamá está internada. Y yo preguntaba: ¿Qué tiene? Y me decían: Una infección. En el momento fui despacia, me costó comprender a qué referían. Igual lo mismo hacía que hubiese podido hacer de haber comprendido la veladura de esa lengua. Las abrazaba: Que se mejore pronto. Gracias.

Un temporal nos había llevado el techo. La Cecilia me decía: O se lo volaron, Seño. Y me pasaba el mate y sonreía, como diciendo: Avívese. Habían dejado de venir con la Rosa para la escuelita, desde que cada una cargaba en brazos algo propio: un bebé. Los apoyaban en superficies blandas para encender el fuego, ir a buscar algo a la pieza y preparar el mate, pero después nada se desprendían de ellos. Eran acaso lo único propio que tendrían, con apellido, papeles y todo que lo demostraban. ¿Le quiere hacer upa, Seño?, preguntó la Cecilia y me dejó lo que era suyo en préstamo dormido sobre mis brazos. Develé un poco su envoltura, para sacarle su diminuta mano afuera de las mantas de lana. Pasé un dedo entre los suyos que cerró con fuerza, como pasa un cordón por el dedo de una aguja: Hola, bebé, dije. ¿No quiere uno?, se rio la madre orgullosa. Cuando crezcan van a ser novios entre ellos, dijo la Jai mientras le acariciaba la cara. Qué decís, pibita, la retó la Rosa, si no ves que son primos.

Había ido después de la clase a saludarlas y llevarles carteras y botas que ya no usaría. Pero, Seño, se reían: ¿Usted no valbaile? Voy pero uso otra cosa. Entonces me senté con ellas en la cama a mirar la tele mientras la Jai tiraba una mezcla, ni líquida ni espesa, en grasa caliente. Menudita, estiraba su altura parada sobre las puntas de sus pies para llegar a las hornallas. Ofrecí ayudarla pero dijeron: Deje, Seño, que hace siempre. Y ahí sentadas en la cama que oficiaba de sillón, dejé de extrañar mi casa y mi infancia. Volvió todo a mí en un mate con buñuelos calientes y su perfume, y un capítulo de una antigua serie que bajaba desde una antena hacia el televisor. Tenía el tubo casi fundido. Devolvía en su pantalla imágenes lavadas y dobles que por momentos por la falta de costumbre me costaba distinguir. Las voces sonaban como si caminaran en una alfombra. Afuera garuaba y su murmullo se escuchaba sobre las chapas.

Es más sencillo recordar cuando miro el retrato medio corto de la Cecilia, su cara cubierta por un antifaz mitad blanco y mitad amarillo con puntitos violetas, apoyada en nuestro puestito que hacía de armario. En la puerta está pegado un papel que habla: ¿Puede la pintura contar un secreto? Por los agujeritos del antifaz se ven sus dos ojitos verdes delineados con un eléctrico y perlado color azul.

A mí no me parecía ni bien ni mal que alguien se hubiera llevado nuestro techo. Ni que me digan: Avívese que lo volaron. Para ese entonces conocía más que en un principio. Por los años que pasaban la inocencia se me curaba, solo que lo hacía como una lastimadura que siempre se le anda saliendo su cáscara y vuelve a sangrar. Tampoco creía que me lo hubieran robado. El viento siempre es un ladrón que hace de las suyas. Las deja servidas para quien las ve y dice: Soy amigo de lo ajeno. Puede que hable, me hace falta. Y yo lo sabía porque era oriunda de la tierra del diablo. Y aunque los años pasaban y conocía un futuro que comenzaba a tener sus nombres y sus anécdotas, no la olvidaba y sentía vacío de ella. También memoria.

Vacío sentía nuestro cielo de chapa bajo el que hacíamos nuestra escuelita. Se abrió en ella una herida que si entraba el color celeste pleno, alguna nube esponjosa y sabrosa con sol, era bien. Pero si llovía, todo se nos mojaba y estropeaba. De una semana para la otra, no llegaba a secarse y se pudría. Hasta un rocío hacía estragos. El frío nos avasallaba. Y estar en las clases era soportar trabajar con las manos adormiladas.

No podría afirmar las siguientes palabras: fue a razón de eso lo que sucedió luego. Pero estoy segura de que fue por causa de eso lo que sucedió luego. Nunca algo sucede por una sola cosa, pero enumerar las situaciones que rodean e intentan dar respuesta a la pregunta ¿por qué? sirve para comprender. Aunque sea de manera imprecisa, ofreciendo como respuesta nuevas preguntas. Entender no cambia los acontecimientos, pero ¿qué cambia los acontecimientos? Revisarlos con la escritura se siente como un subrayado prolijo sobre la historia que nada repara, pero al menos da la tranquilidad de haber nombrado todo lo posible.

Sucedieron para mí días brillantes a causa de la luz de una nueva estrella. De comenzar a trabajar en una sola escuela, pasé a trabajar en una más. Eso me permitió dejar el trabajo de camarera. Ganaba mejor y tenía los fines de semana para salir y obra social que no había tenido nunca. También, feriados.

Había comenzado a tener amigos, sobre todo uno de nombre Yamir, que me invitaba a comer. Entonces me decía sonriso: Yo te doy mi corazón y vos te hacés un anticucho. Y salíamos a bailar para ser juntos practicantes de esto: de acorralarnos en estacionamientos, en los meneos de la bailanta y en las filas rotas de alguna barra libre. Estaba nuestra revolución en apretarnos contra la puerta de un baño de mujer y dentro de esa pollerita que subía cuando bajábamos al ritmo.

Volvíamos a casa y todo se llenaba de olor a frito. Tirados, después de revolver las sábanas, lo escuchaba cantar: Quién pudiera tener la dicha que tiene el gallo, racatapum chin chin el gallo sube. Y echa su polvorete, racatapum chin chin él se sacude. Ya verás paloma que no hay gavilán que a ti te coma, que no hay gavilán que a ti te coma.

Todo lo que Delita juntaba lo guardaba en un pañuelo, y el pañuelo a su vez en un tarro de crema de manos, lavado y seco, que escondía alto sobre el ropero, dentro de una caja, detrás de un oso con el peluche apelmazado. Acercándose el cumpleaños de su hija, se subió a una silla, corrió el peluche, abrió la caja, destapó el frasco y contó. Hizo cuentas en el aire: No me alcanza. De ahí que fue al comedor, se acercó al que tenía por marido y le pidió: Prestame. Este la miró con una sonrisa que era para sí mismo, burlona equivalía a un golpe, y después apuntó a los hijos que estaban sentados frente a la tele y se rio: Se cree que soy almacenero para andar fiando.

Y así le dio una idea a su mujer, que salió bajo la higuera a pensar, mientras miraba sus frutos oscuros morados mecerse, con la piel abrazando ese interior, blanco y colorado, que las criaturas confunden con sangre. Algunos higos rotos contra el suelo mostraban las dulces vísceras de sus cuerpos congregadas por las moscas. Se daba cuenta de que por la infección le quedaba poco. Si dejara deuda, se dijo, adónde me van ir buscar para cobrar. A dónde. Quién no le perdona unos billetes a una muerta, se convenció, y se alegró.

Armó la fiesta de 15 para su hija. Del almacén del barrio sacó todo lo necesario: manaos, sidras, damajuanas, harina, cacao, manteca, leche, azúcar, huevos, crema, dulce y una lata de duraznos sumergidos en almíbar. Horneó dos tortas de distintos tamaños. Las mojó con el vino, que antes calentó mezclado con el almíbar, y las rellenó con dulce. Después apoyó en equilibrio la torta pequeña sobre la más grande. Cubrió la torre con la crema, que pidió a su hijo, el anteúltimo, que batiera. Y con la fruta luminosa, por el caramelo en el que dormía, y el color amarillo que le es propio, formó los pétalos de una delicada flor en el centro.

También pidió salsa, queso y harina con levadura para pizzas. Las tapas para empanadas, que rellenó con carne molida que le trajo el hijo mayor del frigorífico. Aquí hizo uso de un secreto que no se le cuenta a nadie: un kilo de carne por dos de cebolla. Esto no se dice porque si no la gente muerde con asco, piensan que van a sentir el ácido de la verdura o dicen no me gusta, pero no es verdad, es la idea que se hacen por la que hablan y no por la sensación real del paladar. La cebolla no se siente, pierde el agua y hace la comida abundante y jugosa. Después la papa cortada en cuadraditos, los condimentos, un bonito repulgue y ya está.

Sus hijos eran perros babosos alrededor de sus caderas. La miraban decorar la torta. La olían freír las empanadas. Le pedían chupar los tenedores con los que había batido y las cucharas con las que había revuelto el relleno. El Joya estaba atento a cada cosa que rodaba al piso. Se le habían metido en la casa la Lucila, la Rocío, la Jai, la Cristina, el Ramiro, la Otana, el Nano y el Potro. La habían visto ir y venir a lo de la mamá de la Marilyn para usar el horno, y se le ofrecían para ayudar con la esperanza de comer antes de la fiesta. Los intentó echar pero no hubo caso. Entonces dijo: Qué se piensan, que esto es la escuelita, no soy la Seño. Y cuando se escuchó decir eso, aprendió una idea para que no molestaran: les dio deberes. Unir con dulce merengues de azúcar rosados y blancos.

A la escuelita le tocó hacer souvenires. Portavelas fabricados con pequeñas botellas de vidrio. Las cortamos al medio como yo había aprendido viéndole hacer a mi papá. Enrollaba a la botella un hilo de algodón mojado en alcohol, lo encendía y cuando la llama se consumía, la tiraba al agua. Ahora que la adulta era yo, me tocaba a mí hacer todo esto. Y los chicos se enojaban porque no les dejaba tocar por los peligros. Pero confiaba que si miraban aprenderían como me pasó a mí. Y lo hacían con la atención y el suspenso que se tiene frente a un mago. En silencio me veían anudar el hilo lentamente y agarrar el encendedor. A mí, Seño, dejame a mí, suplicaban. Yo, yo, yo, decían y pedían por favor con las manos. Yo no respondía, encendía el hilo y quietitos hacían con la voz: ¡Waaa! Consumida la llama, sumergía la botella en el agua y el cambio de temperatura la quebraba. Entonces todos hacían: ¡Wooooo!, y aplaudían. Tampoco faltaba el que se subía a los bancos a celebrar o por la emoción le daba un golpe al que tenía cerca.

Tarjetas también hicimos. Papel vegetal cortado con tijeras con filos en formas ondulantes, un corazón con el número 15 en la tapa, repujado con la punta de lapiceras sin tinta. Igual que a los souvenires, les pegaron perlitas, mostacillas y alguna lentejuela, violeta, rosada o lila. Brillantina blanca. La Lucila preguntó: Seño, ¿así será la nieve? Y el Potro dijo: Parece azúcar, y apoyó la puntita de la lengua y escupió. La Nahiara se enojó: Me las vas a manchar. Y yo pensé: Ahora se arma, pero la verdad es que todos nos reímos. Y es que cuando es tan espléndida y clara la preparación para el futuro, no hay espacio para más nada. Terminadas, les pegamos dentro un papel impreso, con un poema en letra cursiva, que la agasajada preparó: Soy una ola con bordes de espuma que parecen puntillas. Traigo conmigo caracoles iluminados por la luna para marcar mi camino, como las perlas de un tesoro. Mis 15 años, te espero en esta noche especial, en la escuelita a las 19 hs. No me falles. Nahiara.

Martina había sido seño en la escuelita y volvió para concretar una propuesta: preparar unas máscaras de arcilla y llevarlas a una exposición junto con artistas importantes que tomaban para sus obras el río, su abandono y contaminación; invitados por una universidad ubicada cerca del río, pero dentro de los márgenes de la Ciudad. Si participábamos, nos darían a cambio un colectivo para llevarnos a ver la muestra. Mi corazón levantó sospecha, porque no éramos artistas que trabajábamos con una temática, vivíamos ahí. Pero sucedieron dos cosas: por un lado, mi aburrida tara, sentir que tenía un título que cada vez me daba menos poder de discernimiento sobre qué era conveniente; por otro, parecía mucho ir en colectivo a pasear por la Ciudad. También nos prometían un desayuno.

Cuando llegó la seño Martina sentí alivio. Ya no tenía mucho para hacer: los pasaba a buscar y de ahí esperábamos a la seño. La veíamos bajar del colectivo toda cargada y cruzarse. Qué sonrisa. Los chicos salían corriendo a recibirla. Ella daba la clase y yo hacía la parte de comprar el yogur, ordenar y pedirles que se portaran bien. También les sacaba fotos, porque nos era costumbre y ellos mismos me pedían: Sacame, sacame. Me gustaba que fuéramos dos seños. Nos aliviábamos una a la otra la tarea y nos animábamos a conversar lo necesario con la Directora.

La cerámica realmente era preciosa. Para hacer las máscaras, la seño Martina puso sobre la mesa tres cajas con papelitos. Una para los ojos, otra para las bocas y otra para las nariz. Así decían ellos: Pasame la de las nariz. Y cada papelito tenía ideas: nariz de zanahoria, nariz de signo de pregunta, nariz de bruja. Boca de salchicha, de ramita, de lápiz. Ojos de huevo frito, de flores, de muñeca. Entonces si alguno decía: No sé cómo hacer, ella le mandaba: Sacá un papelito. Sacaban y me traían a mí. Yo les ayudaba a leerlo y a darle forma en la arcilla. No porque no les dejara afrontar la dificultad solos, sino porque disfrutaba hacer con ellos.

Desde esa distancia prudente que tienen los satélites con el planeta que cortejan, en su caminar a una distancia cautelosa de la línea exacta de su órbita, pude ver que ellos estaban bien sin mí, y que mi trabajo podía hacerlo alguien más. Ahora que digo estas palabras parece algo tonto, pero la verdad es que un día viéndolos hacer, sonreír y dibujar con Martina al mando, pude saber algo que se me había olvidado, por el cariño, la amistad y la necesidad, pero también por la costumbre. Supe que yo era libre del amor que les tenía y podía irme.

Ramiro, trepado en lo alto del portón color óxido, que, al ser de alambrado, deja que la caricia del paisaje lo traspase: el cielo celeste con sus nubarrones blancos, yuyos crecidos, los arcos de fútbol y pequeñas casas prósperas de ladrillo anaranjado. Un plano contrapicado atrapó al niño que de espaldas mira algo afuera del encuadre. Su lisa capa negra pegada al cuerpo da testimonio: esa no fue una tarde de viento.

Un caos distinto pareció entrar en los chicos el día que dedicamos a terminar las máscaras, como si ya no soportaran. Enganché de mi pelo, amarrado alto, un moño grande y rosado, pero el artilugio los entretuvo solo por un momento; enseguida volvieron las peleas, las quejas y las burlas. Dylan ofrecía enfrentamiento por todo y para todos, inclusive a mí. Se burlaba de nosotras, sus maestras, tontas que éramos. Salía, entraba, molestaba a uno, a otra. Se nos reía. Entonces vació el adhesivo que yo había comprado para fijar cuentas y lentejuelas en las máscaras. Últimos retoques, me había dicho Martina cuando planeamos la clase, para integrar lo que aprendieron estos años que pasaron con vos. Visto así, el saber que conmigo habían hecho pareció tan poco.

Cuestión que vació el pegamento en una bolsa. Y sonriso metió su hocico dentro del pulmón de fino plástico transparente, que se abría y se achicharraba junto con el aire de su respiración. Martina gritó: ¡Dylan, no! Pero yo le dije: Dejalo. Y giré hacia mi alumno que crecía y me desconocía; ese mismo que se me presentó por los techos, hicimos un disfraz, comimos y bebimos bajo la acacia, y con estas palabras le solté la mano: Vos sabrás. Entonces Dylan dejó caer la bolsa, agarró su máscara, tomó impulso, mordiéndose los dientes en el gesto de su torsión hacía atrás, y la lanzó.

Estallada en cuántos pedazos la arcilla, que cocinada y esmaltada devolvía el brillo testigo de esos días juntos, en los que fue un niño curvado hacía adelante, sentado a la mesa que comenzaba a quedar baja para su altura estirándose como una cuerda. Pasaba manso sus dedos embebidos en agua sobre el barro y la acariciaba suave con sus yemas para darle forma. Hundió un lápiz sin punta en uno de los bordes del material blando, y escribió su nombre. Seño, no vas a decir que es un poema. Una luz dulce entraba por nuestro cielo de chapa, que barnizaba toda la escena con una veladura desaturada y lenta. La cumbia dulce de algún vecino llegaba hasta nosotros. Las chicas dibujaban para pasar el tiempo, me hacían peinados. Guardaban sus dibujos enrollados en los huecos de los ladrillos huecos y jugaban: Seño, qué número. Yo decía: 4 × 3. Entonces hacían ufa, pero contaban y dando con el resultado preguntaban: ¿A ver qué te tocó?, y sacaban despacias para intentar conservar el misterio. El papiro con el arte de sus manos me lo regalaban. Después lo mismo a la otra seño, después a los otros chicos. Días sin el fulgor de lo bueno ni de lo malo, sino con el lustre sencillo de lo que sucede y así se está.

Tomó su máscara esa mañana nacida para desplegar, lo que alguno diría, una bronca contra el mundo. También otro podría decir su defensa del mundo que parecía contra él. Hay quienes hablarían, y lo sé porque los escuché: para pedir límites, para pedir ayuda, para provocación. Locura. Sin embargo, de lo único que tengo certeza es de que yo estaba ahí y lo vi hacer una acción física simple, sujetar una máscara de cerámica y romperla.

Juntamos los pedazos. ¿Sería que se podrían pegar? Guardé en mi bolsillo el trocito de su nombre escrito en letras imprentas. Un poema.

La madrugada en que recostado miraba la mancha de humedad, recordaba lo que hizo y cuando estuvo en el hospital por la quemadura, y a su mamá que logró llegar a media noche para acompañarlo. Preguntó: Hijo, ¿estás acá? Y él reconoció su voz, porque un niño reconoce la voz de su madre como una maestra la letra de su niño, y sintió alivió. Pareció que llegó sola, pero estaba con la Nurita dentro. Uno diría para qué ahora revolvía entre estas imágenes. Intentaría encontrar el momento exacto donde empezó todo, pero tal vez recordaba porque es algo que hacemos las personas, usar la memoria, hacia adelante y hacia atrás. A veces por voluntad propia y otras por entretenimiento de la mente, que se conduce sola. En el techo la mancha y la proyección de la película de su tiempo. En la ventana el resto de la Ciudad sucedía silenciosa, por la noche que amadrina los ruidos del día, dándoles calma.

¿El Joya dónde andará?, pensó antes de entrar en este sueño: sentado en una banca de madera, come una porción de torta y se relame la crema de los dedos. Mira el cumpleaños de su hermana, que sucede a lo lejos. El Joya salta y se sienta a su lado. Parte la porción y le convida. Juntan sus cuellos abrazándose, siente el hocico frío y húmedo sobre el hombro. Lo escucha decirle algo. Su animal tiene una voz propia.

A él y a todos, su madre los hace bañar y se asegura de que estén calzados, lavados y planchados. El hermano mayor lo sienta en la silla frente al tele y le pasa la máquina, el motor vibra suave sobre su nuca. Mové para adelante, ahora la cabeza para un costado, el otro. El pelo cae muerto sobre el portland del piso, dibuja los puntos y comas que a él nunca le salieron, pero los reconoce. Son respiraciones, le insitía su maestra. Cuando quieras respirar poco, coma, y si es mucho, punto. Quiere estirar la mano, agarrar un mechón y su hermano lo reta: No te muevas. Apaga la máquina y le dice: Te voy a dar un toque. Acercándose con la aguja de coser, prende la llama del encendedor, quema la punta y le perfora el lóbulo izquierdo. Le duele, pero olvidará ese dolor. De lo que tendrá memoria es de mirarse en un pequeño espejo redondo, y del gusto por su reflejo en él.

Nahiara entra a la escuelita entre lucecitas navideñas, globos y guirnaldas, colgadas del arco de fútbol, de la acacia y del portón de alambrado, con su vestido blanco bordado con canutillos rosas. Flores relucientes y pequeñas ramas que suben por su pecho. Luce su esfuerzo por ser hermosa, en un peinado hacia atrás, pincelado con brillantina. Las copas de plástico se levantan con la sidra que a los chicos les dejan tomar un poco. La Rocío con los labios pintados deja una marca en la copa. Y cómo hablarle, piensa Dylan. Para vos, le sonríe y saca de su bolsillo una pequeña flor que robó a la agasajada.

El baile y la fiesta se transforman en vals, y la madre dice: Por orden de edad. Obedientes, primero pasa el mayor, segundo el Nicomedes y después él. Le da la mano a su hermana, la agarra de la cintura y siente: Estoy grande. Y se mueven en compases y posan hacia su maestra, que está buscándolos con la cámara, y les dice. No recuerda qué, pero algo dice. Está especial esa noche, como todo y como todos, que son los mismos pero diferentes, con un lustre único que los deja verse en especial penumbra en su mente y en una especial belleza en el mundo. Entonces sonríe para la foto, mientras murmura a su hermana: Estás linda, fea. Y se ríen.

Cuando rompió su máscara, llegué a casa con frío, en la hora que el sol comienza a estar perpendicular a la tierra y da los mejores cielos, pero ya no calienta. Para recuperar la temperatura, me saqué la ropa y mientras lo hacía, sentí caer al piso el olor de mis chicos cuando los abrazaba o les revolvía la cabeza para sacarles algún piojo. Ellos eran mansos en dejarse para recibir una caricia.

Después de desvestirme, entré a la lluvia que no tardó en abrazarme con una nube esponjosa. Caía torrencial y me masajeaba la espalda. Escuchaba a Yamir cantar en la cocina, tostaba panes en una olla y dejaba sobre cada uno sabrosas virutas de manteca que al calor se doraban. Freía huevos y calentaba agua. Los vidrios se empañaban y dibujaba mensajes de amor para sorprenderme. La precipitación sobre mí ardía calma y hermosa, y eso me reconstruía de la ruina en la que nos deja el frío. La disfrutaba alzando mis dedos para que las gotas dulces repicaran con placer en mis yemas. El champú bajó lento sobre mi coronilla y tiñó el aire con un perfume de rosas. Dispuse mis manos para batir el pelo y encontré con sorpresa el moño enorme de organza rosa y abrillantada, empapado, todavía prendido en mi cabeza. Lo había olvidado. Entonces me curvé hacia adelante, como lo hacen los signos de pregunta, y finalmente lloré.

Un retrato de Yamir, nombre que significa Luna. En su pecho desnudo de piel tersa los pezones parecen dos nudos oscuros en una suave madera. El negro pelo corto y mojado sobre la frente. Con su mano se tapa los ojos en señal de timidez ante la cámara o de seducción hacía quien tomó la foto. Atrás, la mesa servida: un bodegón de pan, queso y cerveza dorada, burbujeante en los vasos helados atravesados por el sol.

No hizo falta pasar a buscarlos. Operaba el entusiasmo, chispa de la voluntad y la alegría. Quiebre de la costumbre. Tenían sus viandas listas: un alfajor, una bolsita con tutucas, un tarrito con galletitas de agua untadas con queso. Delia acompañó a sus hijos, había salido del hospital esa semana y con una cara de cansancio, pena o enfermedad, habló y dijo: Estoy mejor, Seño.

Llegaron peinados para un costado. Las chicas, el pelo tirante para atrás en rodete o cola de caballo. Múltiples trencitas que abrían surcos en la tierra de sus cabezas, las dejaban listas para sembrar. Rocío y Ramiro llegaron sin su papá. Ramiro siempre contaba: Mi mamá ibalbaile y un día no volvió. Y ahora cuando llegó contó: Seño, sabés qué, a nosotros se nos cortó la luz. ¿Sí? Sí, mi papá se fue a trabajar y ahí nomás toda la luz se fue con él.

Posaban desde arriba del colectivo. Gritaban: ¡Seño, tirá una foto de mí! Y yo les sacaba. Hacían la seña de la victoria, cuernitos, corazón, fakiu. Y cuando el colectivo arrancó, celebraron con los brazos alzados como si arengaran el comienzo de un show. El rodar y el viento que les entraba por la ventanilla los serenó con caricias en sus caras. Les aventaba la piel y el pelo hacia atrás. Avanzábamos mirando todo con esa llamita en los ojos. Y cuando cruzamos el puente a la Ciudad, algunos se alegraban, ¡Yo pasé por acá! Otros festejaban: ¡Iuju! La flor quebrada parecía soldarse.

En la puerta nos esperaba contenta la Directora. Ante la altura, anchura y vidriura del edificio exclamaron: ¡Wooo! Y apresurados por bajar, salieron todos despedidos de un empujón y rodaron por los baldozones suaves y limpios. Nadie lloraba, ni había escándalo, porque la promesa de vas a divertirte permanecía intacta. Sin raspones ni rayaduras.

Andaban desperdigados como cucarachas. Un señor canoso pidió que se pararan en una fila para comenzar la excursión, y el Potro repetía: ¿Qué es ursión?, pero nadie lo escuchó porque rápido se esforzaron por armar una línea derechita y larga. Entonces el hombre preguntó: ¿Ustedes van a la escuela? Y la Cristina le respondió: Y sí, somos niños. ¿Y a qué grado van? Se armó un nudo de voces, que este hombre no se esforzó por desenredar, como hacemos las maestras. Interrumpió: Algún día ustedes podrán estudiar en esta universidad. ¿Cuándo terminemos la escuela?, preguntó la Nurita y los demás resoplaron impacientes. Entonces Dylan dijo: Nosotros no tenemos plata. Y todos comenzaron a levantar la mano. Pedían: Quiero ir al baño. El hombre los llamaba al orden y ellos astutos lo amenazaban: ¡Me meo!

Cuando entramos al baño con Otana y Daiana, vieron los grifos y me avisaron: Seño, no tiene para abrir la canilla. Yo tampoco sabía cómo hacer, y decía: Bueno, ya está, volvamos. Pero ellas tenían las manos con jabón rosa transparente, que comenzaron a pasar por los espejos grandes y elegantes. Escribían sus nombres y dibujaban flores. Amigas por siempre, corazón flechado, nube. En el apuro, pasamos la mano por debajo de los picos, y el agua comenzó a salir. Descubierto quedó el misterio del artefacto. Un sensor, dije yo. Pero ellas gritaron: ¡Woo, una magia! Y me hicieron sonreír. Salía con tanta presión que les serpenteaba espuma en las palmas, montadas debajo del chorro en forma de cuenco para atrapar más. Un gesto dado por la costumbre de servirse de los fuentones y los tanques. Reían: ¡Seño, el agua viene con jabón!, y a mí me daba ternura.

Volvimos y las chicas hicieron de boca en boca de la novedad: El agua sale con jabón de una canilla mágica. Todos abandonaron el esfuerzo de estar en fila y pedían ir a los baños. Hasta que por fin comenzamos a caminar y con la seño Martina nos turnábamos para acompañar a los meones.

Toda vidriada parecía que ahí se estudiaba la luz. Ventanales gigantes daban a otras ventanas, donde estaban las aulas. Una tenía saxofones parados en sus soportes. ¡Trompetas de oro!, avisó Lucila y todos apretaron sus narices contra los vidrios para ver. Gritaron: ¡Un piano! Y un piano de cola majestuoso nos guiñó un ojo a lo lejos. El hombre nos explicaba cada vez más rígido: Acá se puede estudiar música, mientras notaba a los que volvían del baño solos, porque a esa altura comenzaban a escaparse. Pasaban campantes, con las caras y el pelo mojado, regaban los pisos. Cristina vociferó: ¡Queremos ver todo!, y el hombre dijo calmo: Espérenme acá, y desapareció. En su lugar vino una mujer que nos llevó rápido a la sala donde estaba la muestra. Nos decía poco y la Directora le respondía en un volumen muy alto, mirando a los chicos: ¡Qué genial! ¡Contanos más! Pero lo genial era la sala, toda blanca con un piso de madera reluciente y luces intensas que se reflejaban en él.

Nuestros malandras no tardaron en identificar sus oportunidades para la diversión. Patinaban de panza sobre el lustre de una esquina a otra. Rebotaban en las paredes y se deslizaban a ver quién llegaba más lejos. Sus manos y sus pies se estampaban en la pintura nueva. Yo primero decía: No, que ensucian, pero entonces me distraían quienes querían escaparse para llegar al piano. O quienes volvían del baño con un chisme. O alguno que se había golpeado la cabeza. Todo sucedía al mismo tiempo. La mujer se rindió y dejó de hablar. Lo cierto es que nadie atendía a nada, ni escuchaba a nadie. Hasta que en medio del barullo, el Dylan se detuvo en un video proyectado, donde se veía el río con el agua que cambiaba de color cuando un artista volcaba tinta en su cauce. Y con ojos grandes y la boca abierta de revelación, dijo: Seño, donde vivimos nosotros.

Nos trajeron vasos de plástico y cajas con leche chocolatada. También facturas servidas en el cartón donde estuvo empaquetada la leche. Dejaron todo en el piso frente a nuestras máscaras, solitarias parecían colgadas en esa pared. Nos sentamos como indios en la tierra, alrededor del alimento que trajo, como es su sabiduría hacer, calma. El piano fue bueno y musicó una sinfonía que solo los inteligentes escuchan. Nosotros la disfrutamos en silencio.

Esta mañana, en la escuela que trabajo hoy en día, me crucé camino al baño a un alumno de años pasados vagueando por los pasillos. Se detuvo y estiró su sonrisa como a un chicle que escribió hola. Yo era tu Seño, me presenté a su memoria. Y él dijo feliz: Sí, y yo tu alumno de primero. Entonces recordé esta historia que quiere contarse y me pide ayuda. Y sentí mucha falta de toda la compañía que comenzó a hacerme, con estos niños que supieron ser míos, encontrándolos de nuevo dentro de ella. Me hablé para mí misma: Tengo que escribir. No tengo certeza de cómo harán sentido estas memorias, pero así sucedieron. Quizás escribiéndose, todas se vuelvan piezas que combinadas entre sí den movimiento a la historia que intenta contarse.

En la última noche que pasó dentro, en su intento de librarse del abrazo duro de la Bocanada, el Dylan hizo lo que en las otras; se dobló bajo las sábanas. Dolor de pecho, tensión en piernas y mandíbulas apretadas. Una fuerza contenida que de darle rienda suelta, imaginaba, sería el impulso vasto para saltar a la ventana, caminar ante los árboles, trepar con los cableados y contra las antenas de los edificios. Andar el puente y los techos de chapa. Llegar a la casa y que, alertada por el ruido, saliera la mujer que le había dado forma dentro de ella. Que al encontrarlo, enojada se riera: Hijo vago, qué susto.

Al otro día, mientras todos estaban en el almuerzo, comió rápido, se guardó pan debajo del buzo y con una seña avisó al cuidador: Voy al baño. Tiró por la ventana de la habitación sus cosas envueltas en una sábana anudada. Después saltó afuera, abrazándose a la corteza de un tronco, y descendió por ella, ágil y liviano, hasta el jardín. No es que se escapara, ahí estaban los que estaban por voluntad. Pero así se fue. Era su manera reluciente de hacer las cosas y así hacía.

Salimos de visitar la muestra y subimos al colectivo que nos esperaba en la puerta para devolvernos a casa. Motor en marcha, nuestros chicos pedían: Queremos ver todo. Todo eran las ilusiones de la Ciudad: pantallas de luces colgadas en sus torres, cemento alisado con suavidad, elegantes negocios de comidas, trenes bajo la tierra y una plaza principal con su casa de gobierno, el cabildo y la catedral.

En las clases, cuando ellos terminaban su tarea, para que no se portaran mal yo les inventaba deberes. Mirá un libro y marcá tres palabras con B y otras tres con V. Elegían un manual viejo, equilibrio entre dibujos y texto, sensación de doble ventaja: divertirse curioseando imágenes y facilidad para encontrar las letras. Entonces volvían a mí rápido y mostraban: bueno, invitada, bienvenidos, invierno, vaca, cabildo. Preguntaban: ¿Qué es cabildo? Y yo les decía: Donde pasó la historia. ¿Dónde queda? En la Ciudad. ¿Y un día vamos a ir? Un día vamos a ir. Pero ¿qué día? Un día. Sonaba a promesa, pero no lo era, eran palabras y yo no conocía su valor.

Un día podría haber sido este día en que pedían verlo todo. Estábamos en la Ciudad y nos habíamos esforzado para llegar, pero por el acuerdo con el colectivo contratado debíamos volver enseguida. Así creía yo, creía debíamos. Entonces les decía: Hoy no podemos, otro día. Igual pensaba Martina, que decía: Hoy no, otro día. Lo mismo la Directora. Decíamos otro día y entre todas, sin saberlo, nos poníamos de acuerdo para construir para ellos un tiempo mejor que llegaría nunca.

Para los despiertos, las repeticiones que afirman que lo deseado sucederá más adelante levantan una sospecha: el problema no es el tiempo, sino el espacio. Nada tiene que ver con la espera alcanzar lo deseado. En ese momento no lo sabía, pero cuando se comprende que un sí no llegará, produce enojo. A veces, ira. Seguro, tristeza. Las dos caras de una misma moneda. El enojo por saberse engañado y la tristeza por sentirse afuera de la suerte del mundo. También de su amor. Aprendí después, una buena maestra no usa expresiones inciertas. Es clara con el tiempo, no confunde a sus alumnos. Usa las horas y el calendario para comunicarse. Tampoco da un no sin un sí a su lado. Un día de lluvia habla así: No podés jugar a la pelota, pero sí podés jugar a las cartas. No podés usar el patio, pero sí dibujar en el pizarrón. Un método sencillo para conservar la salud alegre de cualquier existencia.

Desde el colectivo y con la nariz fría de los finales, miraban la Ciudad que se escabullía ante sus ojos. Suplicaban: Queremos ver todo, y nosotras solo decíamos no. Mansos se fueron resignando uno por uno, hasta que el Dylan, al ver cómo se daban por vencidos, subrayó: ¡Voy a ver todo!, y se levantó de su asiento decidido a bajar.

El colectivo arriesgaba finos entre los autos y aceleraba el paisaje que nos devolvían las ventanas. Forcejeó con quienes intentábamos detenerlo. Amagó a sentarse con sus ojos cubiertos de ese brillo delicado que acumula el llanto, pero al escuchar a Nicomedes burlón: Olvidate que vas a bajar, se volvió furioso contra él. No parecía un niño, un hombre tenía dentro moldeándolo por fuera. Y yo, que por mi padre conocía la profecía expresada en sus músculos y sus venas, me tiré sobre su espalda, pasé mi brazo derecho por debajo de su cuello como quien ata una soga al pescuezo de un animal. Presioné con mi palma izquierda sobre su pecho y sentí los signos vitales de su existencia: latía una respiración que le separaba las costillas. Usé el peso de mi cuerpo para aprisionarlo contra mí entero. El escándalo alertó al colectivo, que clavó sus frenos, la inercia nos arrastró en reversa, perdimos el equilibrio y caímos hacía atrás sobre los asientos del fondo. Todos miraban la escena con las bocas abiertas, ante una maestra que luchaba para su alumno. Intentaba zafarse y yo ajustaba más. Sostuve la cuerda y si bien su fuerza era inmensa y estaba acercándose a mi altura, no era todavía mayor que la mía. Recordé algo que conocía por la infancia que fui: el sentimiento en la mano de una piedra tensada por la onda, con su elástico que se estira ahorcándola hasta que ella ordena: Soltame. Y lo solté, a este niño que crecía y nos desconocíamos, lo solté. Cedí a su libertad, algo que nos toca hacer a las maestras, ceder. Y lo vi salir disparado, atravesar la distancia con fuerza y caer sobre la cara de su hermano hasta erosionar su furia.

Todas estas historias sucedieron a causa y dentro de un paisaje bueno, lleno de alegrías y bellezas. Un paisaje enorme donde nos vemos pequeños metidos en medio de él, en un plano general que lo abarca casi por completo. Si fuera un animal parecemos su corazón, si fuera una fruta, su carozo. Sonidos de los escondrijos del viento, del murmullo del río y de los autos. Yuxtaposiciones de músicas y ladridos. El arañazo del límite de algún maullido. Niños con calor hundidos en un abrazo al vientre de su maestra joven, como si quisieran entrar a dormir la siesta belleza en él. Otros dispersos, pero bajo su mirada cuidados. Todos bendecidos con las trazas hermosas de sus rostros, sus pieles, sus ojos y la caída de sus cabellos. Vestidos con ropas de colores vivos: magenta, naranja y rojo. Azul y amarillo. Dentro de un rancho plata, clavado en un terreno con los verdes resplandecientes del pasto crecido. La tierra canela. El sol subiendo el volumen de sus latidos y vaporizando el perfume de la ropa secándose bajo su luz. Difuminando con su dedo el contorno de las ramas de los árboles, que a veces peinan el suelo y otras veces el cielo. Embeben sus barbas dentro de la acaracolada corriente del río. Bucles de humo levantándose desde las casas en anuncio del alimento. Los perros calmando su sed con agua de los charcos.

Comencé a pensar: No puedo. Se me dio dolor de espalda y no dormir. De ahí fui al médico, me dijo: No tenés nada, todas tienen lo mismo, y me mandó buscar una consejera. Encontré una. Le conté entonces de todo esto que ahora también escribo. Lloré: ¿Soy violenta? Y ella dijo: ¿Querías lastimarlo? Quería que no lastime. Entonces dijo: La violencia tiene otra intención, usar la fuerza agresiva para defender o cuidar no es lo mismo. Es necesario para una maestra aprender su diferencia. La flor quebrada se movía dentro mío por los vientos que fabricaba el camino donde me llevaba mi tarea.

Hoy, mientras estoy en el aula, hago memoria de esta historia. Una de mis compañeras entra a pedirme una tijera y me dice: Ayer terminé en la guardia por mi cervical, se portan tan mal, no hay día que no peleen. No hay día, respondo y le acaricio la espalda, estás cansada. Se va. Mis alumnos están concentrados en sus carpetas, alguno se para, pide ir al baño. Va. Un mensaje en mi teléfono irrumpe la mañana soleada, dice: Quiero pedirte perdón por todas las veces que cuando chica eras vos la biolecia y el daño que fui, yo que tu padre era para cuidarte. Me sorprende. Hay un hombre que pide perdón y escribe mal la palabra que usa para nombrarse. Todo ha quedado tan lejos. Soy una maestra con guardapolvo, cuido niños con mis ojos. Aprendí a reírme cuando me interrumpen. Acaricio sus manos sucias pegoteadas, cuando están enojados, cuando no entienden les digo: Vas a poder, sos genial, cómo no. Les corrijo así: asombroso, maravilloso, algo nunca antes visto, locura. Te quiero. Les doy los gustos que puedo y siempre acerco un sí al lado de un no. Tuve que aprender. Miro a mi alrededor, pienso en estas cosas y respondo: Soy una maestra y te agradezco porque vos me dijiste estudiá, hacete un oficio, y me señalaste la salida. Estoy orgullosa de vos. Sé que ambos lloramos, cada uno desde su lugar, en esas palabras que viajan por redes espaciales infinitas.

Pintan arrodillados en el piso. El Potro está de espalda. En cambio la Nurita, sin dejar de sostener el pincel, mira hacia mí y sonríe achinada con un pocito en cada uno de sus cachetes. Le falta un diente. Una tranquerita, les decía yo cada vez que perdían uno de leche.

Esa tarde en el colectivo decíamos otro día y hablábamos de un tiempo, como nos enseñaron a nosotras el tiempo, una línea recta hacia adelante e infinita que avanza. Sea el tiempo algo parecido a los ríos dibujados en los mapas que hoy tengo en mi aula. Muchos y todos a la vez, con sus nombres y su capacidad de secarse y desaparecer, pero también de crecer y ahogarlo todo. Mansos en sus zonas estancadas, se apuran cuando llueve. Lucen bifurcaciones, ramales y pequeños torbellinos. Secretos y profundidades oscuras donde nadie se anima a entrar. Algo que se recorre hacia atrás y hacia adelante, a favor o en contra de su corriente. A veces hasta su fondo antiguo se nada y se plancha el suelo con el cuerpo. Otras flotamos boca arriba en su espejo del cielo y de la noche, bajo su terciopelo de planetas y galaxias, vías lácteas, estrellas y agujeros negros.

Si hubiese sabido mejor del tiempo, desprendida del reloj y sus deberes, hubiera preguntado al chofer: ¿Cuánto por dos horas más? Lo que hubiese pedido se lo hubiese dado. Tome, hubiera dicho sacando plata de mi tarro con dos billetes. Y hubiésemos bajado en la plaza principal, entrado a la catedral, al cabildo y a la casa de gobierno. Que lo vean todo. Hubiésemos comprado algodones de azúcar y yo hubiese enseñado la transformación de la materia. La luz del sol cálida hubiese atravesado la transparencia de las esponjas, que estas crías se hubieran llevado a la boca. La guata dulce enrolada entre sus dedos. Hubiesen jugado a hacerse bigotes y barbas, a imaginarse viejos. Recostados en el pasto, para mirar desde el descanso el cielo celeste y los edificios de la historia, tan desde abajo hasta sentir la certeza de estar en ella dentro. Ahí duerme San Martín, les hubiera dicho y señalado a la iglesia. Allá despierta nuestra presidenta, y señalado la casa de gobierno. Y en ese la revolución.

En cambio me confundí, por la propia costumbre que todavía desarmo, las últimas migajas del pan que siempre comí. No lo hice. Y estoy segura de que no hubiera sido certeza de la alteración de ningún acontecimiento escrito ni de los que estoy demorando en escribir. Pero al menos, o por lo menos, no sé cuál queda mejor, hubiese sido un momento diferente que contar, que rompiera el avance cruel de la línea recta del tiempo, trazada con regla y el accidente de su mal repetir. Hubiésemos, hubiera, hubiese, hubiesen. No queda bien, corregimos la maestras, buscá un sinónimo, usá otra que se parezca, decí lo mismo pero que suene mejor.

Directo que abandonó el hospital, le hizo ilusión volver al barrio y se echó a andar. Dylan hizo seña a dos colectivos, pero le hicieron que no con la cabeza y mantuvieron la mirada al frente cuando se quiso explicar. Ma sí, siguió a pie. El sol se alzaba alto sobre la avenida, y aunque todavía le faltaba, ya podía sentir el viento que se desabrochaba del río y le peinaba la cara hacia atrás. Andar suelto lo alegraba. Ya encontraría qué montar.

Largo el camino, la memoria tuvo tiempo de acomodarse al presente y recordó que su mamá se había ido, que la Nahiara y la Nurita habían quedado con el hermano. Y que el padrastro, muerta la madre, terminó de tomar por esposa a una de sus hermanas mayores. ¿Dónde andaría el Nicomedes? Había salido de alta de la internación, seguro cartoneando para el almuerzo. De ahí que se desvió antes de llegar.

Se encontró con los de siempre. Y esta es una parte en penumbras de esta historia, pero fue a buscar a quien se la vendía. Ella recibió a su sobrino pródigo y lo abrazó: Pensamos que te habías perdido. Y lo hizo pasar dentro. Estaba por almorzar, sentate. Y le sirvió sin preguntarle un abundante plato de arroz rehogado en ajo, que brillaba bajo el aceite y la grasa que se desprendía de una presa de pollo. Comió en silencio mientras su tía le dio el pésame una vez más por la madre, le contó que había cruzado a la Nahiara y la Nurita. Están viviendo todos juntos en tu casa, tu hermano y la esposa se hicieron cargo de cuidarlas. El Nicomedes también está con ellos. Tu padrastro se fue del barrio con tu hermana, pero como ya nos conoce siempre viene a molestar y nos saca algo para dejarnos trabajar. No le alcanzó quedarse con tu hermana, ¿no vas a decir nada? El Dylan se sonrió: Oveja que bala, bocado que pierde. Lo miró: Estás con hambre, te limpiaron. ¿Vas a querer? Cambiámela por trabajo, pidió negociar. Hijo, yo no soy nadie, apenas vendo, le respondió lamentándose. Después le recomendó a quien ir. Te va a dar trabajo en serio.

TERCERA PARTE

En este apartado haré una pausa y me dedicaré a desandar la tríada didáctica. Digo esto y uno, con el trazo de una línea delicada y brillante color plata, tres estrellas sobre un fondo azul oscuro casi negro.

Una mañana llevé a la escuelita un telar que fabricamos con mi papá. Un rectángulo de madera, con sus clavos puestos en fila cada un centímetro en una de sus líneas, y otra exactamente igual enfrentada. Por esos clavos se pasa un cordón guía para después empezar la trama, cruzando por arriba y por abajo otro hilo perpendicular que va y vuelve. Ese día, habrá sido la llovizna, éramos pocos. La Nahiara, la Nurita, el Dylan, el Leo, la Marilyn, Lucila y el Nano. Todo se dio muy tranquilo por sí solo. Se turnaban para usar el telar mientras conversaban alrededor hasta decir: Salí que me toca, y expulsar un poco bruto al que estaba de protagonista con el artefacto. En las charlas siempre contaban los asuntos de sus casas, que son muy íntimos, y por eso prefiero esconderlos de esto que escribo.

Yo estaba ahí. Quería estar, pero siempre era con cierta tensión que me hacía pensar en irme. Es difícil la relación que se arma entre quienes enseñan, quienes aprenden y el conocimiento. Cuando estudiás para esta tarea, a ese triángulo le llaman tríada didáctica. Dan por sentado que quien enseña es el maestro y quien aprende el alumno. A veces hay alguno que dice que la maestra también aprende, pero sin darle importancia, ni explicar qué ni cómo. El conocimiento es algo claro y tangible, como quien le da a otro un vaso de agua porque tiene sed. Después no es tan así, el conocimiento no sé sabe bien dónde está. No deja de escaparse. Claro que, en alguna ocasión, sucede que alguien aprende a leer una palabra, o realiza una división de dos cifras, y es maravilloso y tan evidente que una piensa: Voy a llorar. Pero en general no es así. Aunque existen las evaluaciones para intentar saber si el contenido llegó a su puerto, es algo que necesita tiempo para poder decirse con certeza: Sucedió. Tampoco es identificable quién lo imparte, ni quién lo recibe. Estas cualidades se mueven. Por eso yo lo diría con acento. Sería así: la relación entre quiénes enseñan, quiénes aprenden, qué conocimiento. Todo en duda sin intentar responder. Después de todo la educación es similar a una pintura, pasan los años, se ven nuevos detalles, se rasga, se olvida, otro le pinta algo nuevo encima y capaz un día despertás y decís: Dónde estará. Vuelve a vos para seguir en su esfuerzo de transformar algo de tu existencia.

Esa tarde Nahiara abrió su corazón con delicadeza y me dio algo para mí. Dijo: Seño, si vos no venís no tenemos nada. Con vos tenemos disfraces, aprendemos a escribir cuentos, poemas. Tomamos yogur, manaos, galletitas. Tomamos mate dulce. Y ahora aprendemos este telar que ni sabíamos que existía. Los otros asintieron con la cabeza a sus palabras. Después, salieron corriendo bajo la llovizna con el tejido en la mano. Reían.

Mientras ordenaba los materiales unas lágrimas me decían: No vas a poder irte nunca.

Desde nuestra escuelita se lo veía pasar en una moto-cross vieja. Entraba al barrio y bajaba la velocidad. El Joya, que estaba con nosotros, lo recibía. El Dylan lo subía a la moto entre sus piernas, y se perdían juntos por las cuadras. Volvía a pasar, bajaba al Joya que corría hacía nosotros, y salía arando sobre el asfalto en dirección a la Ciudad.

Me evitaba, pero en donde la tierra cambiaba al cemento, cuando miraba a ambos lados antes de entrar al camino que cordoneaba el río, se cruzaba conmigo y con los suyos, que parecía no nos había sucedido el tiempo. Seguíamos bajo el techo de chapa reparado, pintando o escribiendo en los cuadernos. Entonces levantaba la mano. Estaba grande y hermoso. La belleza era su nueva corona. Por el calor andaba en jean y en cuero. Cadenitas de plata. Zapatillas buenas. Nadie decía nada. Por ahí la Otana, que también se había puesto luminosamente bonita, me decía, bajita la voz, alguna novedad. Seño, anda con el fierro escondido en la cintura, lo sabemos todos. Yo también lo sabía, y lo que no se sabía, fácil era imaginar. Sin embargo, cada vez que cruzábamos miradas a lo lejos y levantaba su sonrisa para mí, no podía evitar sentir orgullo por él.

Dos imágenes en las que estamos juntos adentro. Miramos de frente. Algunos conmigo, apichonados, en la banca larga de madera sentados: la Otana, el Potro, la Lucila y la Marilyn con su hermanito bebé en upa. Atrás, paradas, la Rocío, la Nahiara, la Ruth, la Daiana y la Cristina. Sentados en el piso, el Nano, el Leo, la Nurita. El Dylan y el Ramiro, que tienen entre ellos al Joya abrazado. Parada delante de mí la Jai. Yo estiro el cuello y apoyo el mentón sobre su cabeza. Nuestro fondo es una textura visual armada por los coloridos trajes colgados en la pared de chapa con los nombres pintados. Hace calor y todos estamos livianos de ropa y nos brilla la piel. Recuerdo que se hacían cuernos y era imposible sacar la foto porque empezaban a pelearse. Entonces se me ocurrió, una con y otra sin. Y grité: ¡Ahora todo el mundo con cuernos!, y quedó una imagen donde todos hacemos y nos reímos fuerte; y después grité: ¡Y ahora sin cuernos!, y quedó otra donde nadie hace y se muerden los labios para aguantar la risa. El Potro mira hacia abajo, qué chiquito era.

Sentí una alegría inmensa recién cuando golpeé la cuchara contra la taza, después de revolver el café, para que se disolviera el azúcar que dejé caer igual que un camión descarga su arena frente a una casa en construcción. Qué ilusión. Hace frío y calentar la casa donde ahora vivo lleva su trabajo, por eso me doy estos lujos de la Ciudad que son los cafés con sus ventanas, donde siempre entra el sol. Real mejor estufa del mundo.

Ayer fui a la escuela, fue un desastre de insultos y peleas. Yo no facilité las cosas y una alumna me desafió: Somos así, si no te gusta ahí tenés la puerta. Sucede que, al estar escribiendo esto, el tiempo se parte dentro de mí y desconozco mi presente y el grupo que tengo asignado como mío. A veces les doy tarea y me dedico ausente a anotar con un lápiz estas memorias. Por estos días, prefiero a estos otros que ya no existen realmente, ni siquiera yo existo de esa forma. Quiero aprovechar este último rato juntos, que comenzó cuando lo traje de vuelta al escribir y terminará con el final de esta historia. Ayer mi alumna del presente me dijo: Ahí tenés la puerta, y tocó mi herida, porque ya alguna vez tuve que irme. No pude ser sabia, le respondí con la burreza del impulso. Ojalá fuera tan fácil, dije y quedé sentada en mi escritorio, hundida en esto que voy a contarles.

Dejé de ir. Es decir, no me salió animarme a decir no puedo, pero ya no podía. Mi consejera me insistía: Podés trabajar menos, cuando me quejaba estoy cansada, el espejo no me aguanta las ojeras que me dibujan dos escuelas de lunes a viernes. Comencé a fallar los sábados, me quedaba dormida. Yamir no quería que dejara, porque admiraba mi trabajo cuando le mostraba las fotos y contaba anécdotas. Pero un día me dijo: Ya no es como antes, no contás nada lindo. Entonces dije para mí: El dinero no me sirve. Si me pagaran mejor podría dejar una escuela y entonces seguir. Así le escribí a la Directora. Le pedí: Necesito ganar al menos esto, para poder dejar una escuela y no estar siempre cansada. Intenté negociar con un número equivalente a la mitad del dinero que cobraba en la escuela a la que imaginaba renunciar. Ella me respondió: Lamento que no puedas seguir.

De todos modos, ahora que reviso este relato, me doy cuenta de que algo en mi aprendía, porque esa vez me animé a pedir no solo el dinero que creía necesario, sino el valor que yo pensaba tenía mi trabajo. Logré algo que no habría sido capaz de hacer nunca antes. Así fue que dejé de ir.

Pasado cuánto de no saber casi nada de ellos, me crucé con la Directora y me dio el número de la Nahiara, me dijo: Está internada la Nurita hace como quince días, acá en la Ciudad, viste que ella tiene la infección. Me pidió: Llamalas. Digo saber casi nada, porque algo a veces sabía, la seño que me reemplazó se comunicaba conmigo de vez en cuando. Lo restaurador que tenemos las maestras para nuestra tarea es hacernos amigas y hablar entre nosotras una lengua que nos es propia y nadie más habla.

Reproduje la forma tangible en que yo sabía hablarles de mi amor. Y es que para entonces ser maestra ya no era para mí el esfuerzo de transformar el mundo, sino el de conservar lo hermoso de él. Fui al hospital con ropa limpia, hojas y lápices de colores. Yogur, pan lactal y queso. La Nurita saltó en la cama: ¡Seño! Y pasamos la tarde juntas. Le presté el teléfono a Nahiara para que pudiera escribirles a sus amigas. Nos sacamos fotos y tomamos mate. Ahí la Nahiara me contó: El Dylan está en problemas. Se había escondido donde su tía, con una bala que le caminaba dentro de la pierna, pero no se animaba a ir al hospital.

Me llevé la ropa sucia que, al regresar a casa, lavé y tendí. Volví hasta que le dieron el alta. No hace falta escribir qué sentía cuando estaba con ellas. Sería repetirme. Me sentía amada y con un propósito, como ha de sentirse quien alguna vez tiene oportunidad de cuidar con la enseñanza algo.

Las chicas no tenían dónde llevarse las cosas que habían juntado en la internación. Compré bolsas de nylon en el supermercado, cargamos todo en ellas y las vi subirse apuradas al colectivo. Miré cómo se alejaban mientras desde abajo levantaba mi mano para saludarlas con una sonrisa.

En esa sonrisa compradora que el Dylan levantaba con su mano para mí, cuando cruzaba en moto a lo lejos, sería que tal vez el arcoíris que va directo desde un corazón hacia otro corazón todavía brillara para nosotros. Y me escribiera una carta y me dijera: Querida maestra, yo no me olvidé de usted y de esos días que pasamos, cuando le hicimos el almohadón al Joya, vio qué grande que está y qué vago. A ese sí que todos lo quieren, nunca le va a faltar quien le dé para comer, ni se va a quedar solo. Tampoco me olvido de cuando yo la vi por primera vez, me le aparecí por el techo y le apunté con la onda en la cara. Usted siempre me decía: Bajate, Dylan, pero a la única que le era bien bajar era a usted del colectivo. Nosotros por la ventana la veíamos venir, pero igual dejábamos que nos pase a buscar. Era lindo. Cruzaba la avenida con una sonrisa grande, pero no tanto como el bolso donde tenía los materiales y el mate. El tarro de azúcar porque nos gustaba dulce. Y se lo arruinábamos, pero usted nos dejaba para que nos estemos sin hacer macanas, mientras esperábamos que nos toque el turno en la cebada. Ahí que usted aprovechaba y nos leía un poema. Lo mismo hacía en el momento de la manaos y las galletitas. Siempre con los poemas. A veces usted decía: Quién se anima a leer, y parecía que nadie se animaba o que ninguno sabía porque nos quedábamos callados o le gritábamos: Leé vos. Pero la verdad, Seño, que ninguno leía, no por vago ni por burro, sino que preferíamos escucharla a usted. Y si yo me portaba mal, usted decía: Prestame atención lo que te digo, con ganas de echarme, pero nunca me echó. Nosotros le hacíamos rabiar, no porque fuéramos malos, éramos chiquitos. Miedo que se enoje no teníamos. Lo que sí, que al menos a mí, me daba pena que se pusiera triste. Por eso también me esforcé, ¿se dio cuenta? Y le escuchaba la poesía que, sin ofender, no se entendía. Y usted ahí también era buena, porque siempre repetía: No importa si no lo entiendo, importa si no lo siento. Nos hacía un truco que nos ayudaba, porque quién no siente, maestra. Por eso ahora que estoy metido en problemas y no entiendo, descanso en mis sentimientos, que, como usted me aprendió a mí, son lo primeramente importante, y estoy tranquilo.

Pasaba finos para sobrevolar el tráfico. Tensaba la espalda, una curva filosa para cortar el viento que él mismo fabricaba, y ganaba velocidad. Escapaba en la noche, trazaba líneas sobre ella. Telón de terciopelo, aire frío y húmedo que mentía calentarse, con los resplandores anaranjados de los autos de frente. Su valentía no era resultado de la Bocanada. Esto era algo propio con lo que había nacido y le pertenecía.

Al costado, el río, y atrás y lejos, la Ciudad erguida, un castillo inalcanzable de brillos y lujos de gas, agua corriente y luz eléctrica. La velocidad era su burla. Los había perdido. Su pecho se inflaba con el oxígeno que desembocaba en sus pulmones. La línea vertical de la cruz que era su cuerpo había pegado el estirón sin tener aún tiempo suficiente para ensancharse. Por eso estábamos quienes le llamábamos de niño todavía y quienes de hombre. Pero entonces los vio venir. Clavó frenos y quemó la goma de sus ruedas pintando rulos en el asfalto. Los bocinazos no lo confundieron. Afirmó el control de este su caballo de engranajes y poleas, que dominaba y le respondía fiel como todo lo que había montado, y atravesó el camino de la ribera para meterse en el barrio. Frenó, apagó las luces y sacó un arma vieja ajustada a su cintura. Disparó contra el auto que hacía reversa y avanzó sobre la calle de tierra. Se escondió en la escuelita, donde no habría nadie.

Entró al terreno, se paró a un costado de la pared y apagó el motor. El Joya no tardó en aparecer. Él se agachó a su altura, buscó su mirada y le murmuró con alegría: Perro sucio, y le entregó sus manos para que se las besara. Agachado fue que por un agujero de la chapa miró dentro. La resolana de las luces colgantes en los cableados le dejaba leer, borrados por el tiempo y la oscuridad, los nombres con témperas de colores pintados. Otana, Nahiara, Potro. Se interrumpió al verlos llegar, frenar, bajar la ventanilla, hablar con un vecino. No distinguía cuál. El fuego del encendedor les iluminó las caras para iniciar la brasa del cigarro. Lo esperarían y cansados agarrarían a alguno de los suyos, que pagara por él. De ahí que besó a su amigo entre los ojos, le habló: Andá a casa, no me sigas. Volvió a dar arranque, los faroles se despertaron inmensos y salió arando a contramano. Los cruzó de frente y les sostuvo la mirada. Sonrió y dio vuelta en la esquina.

De nuevo la carrera en el camino de la ribera. Un acierto en el brazo derecho. Aceleró. Otro debajo de su costilla derecha. Se adelantó todo lo que pudo y cuando intuyó suficiente, clavó frenos, giró en círculos y volvió sobre ellos. Atajó un disparó con su mejilla izquierda, les devolvió la mirada y su sonrisa apenas sanguinolenta, antes de soltar el manubrio, abrir los brazos, alzar su pecho de paloma y saltar de la moto que se empuñó contra ellos.

La inercia lo arrojó en un vuelo sobre el pasto, rodó sobre el fresco perfume de la tierra y se zambulló, con sus incontables células todavía reproduciéndose, en el agua helada y densa de metales pesados. Los animales que sobreviven en esas aguas y evolucionan para adaptarse a ella lo conocían. También las plantas. No había nada ni nadie dentro o fuera, por encima o debajo de ese territorio que no supiera de él. Y es que tuvo un corazón conforme al corazón de ellos. Mientras se hundía, desde afuera el satélite de la tierra lo envolvió con su mirada suave de sábana blanca y robó toda la luz del sol para él. Sus lágrimas se unieron al caudal del río. Durmió sus ojos y se entregó.

Cuesta confiar en la propia memoria y es seguro que hay lugares donde no alcanza. Intenté recuperarla entre diarios de esa época. Encontré una sola noticia que habla de lo sucedido. Serán diez renglones escritos desde una agencia, que se repitieron exactos en pocos diarios. Cuentan de un adolescente que parado en una esquina recibió un disparo en la cara por dos hombres que dijeron, según testigos: Este te robó, y al reconocerlo le dispararon a quemarropa en la cara y huyeron. El joven perdió la vida en el momento, dicen. Después nada. Ni una segunda nota sobre algo que se haya investigado porque nadie investiga. Tampoco una entrevista o darnos la palabra a quienes, de haber sabido hacer más y mejor, hubiéramos hecho.

Volví una vez para una actividad. La Directora me pidió que fuera, y ofreció pagarme un valor mayor. A esa altura no era necesario, pero entendí su aprendizaje, y acepté.

Se acercaron a saludarme, porque la noticia de que estaba ahí viajó rápido por el aire. Los encontré transformados por el tirón de la adultez. Había niñes nuevos: los hijos de la Rosa y la Cecilia y el vagoncito bebé hermano de la Marilyn crecidos. ¡Y una bebita de la Otana! Así otros. Me había pintado el pelo de amarillo, entonces la Nahiara cuando me vio lo primero que dijo fue: Acá a las rubias no las queremos. Y después aclaró: Joda joda, y nos reímos.

Todo pareció tener un recreo del torbellino del tiempo. Bajo la acacia volvimos a ser el corazón de este animal que cuántas veces nos dejó pasear en él con mansedumbre y cuántas otras nos sacudió sobre su montura. Bestia hermosa que llaman territorio, protagonista de esta historia. Hicimos nuestra costumbre: comimos galletitas, tomamos manaos y escuchamos cumbia. Me preguntaron: ¿Todavía tenés la cámara? Y yo la saqué del bolso. Decían con ternura: Qué viejita está. Nada habían olvidado. Posamos una foto todos juntos y pregunté: ¿Nadie va a hacerse cuernos? Y todos se rieron: Qué le pasa, ahora que nos portamos bien nos extraña como antes. Entonces el Potro me vio agacharme, atarle los cordones a un chiquito y me dijo: Vos me enseñaste, ¿te acordás?

Cuando mataron al Dylan, varias noches no dormí, atravesada por preguntas tan tristes que no da contarlas porque contagio esa tristeza, ¿será la tristeza una forma de resistencia? Subrayó en mí su trazo hasta romper las páginas del cuaderno sobre las que escribía mi corazón. El corazón de una maestra. Fui a mi consejera y le dije: Yo sabía lo que iba pasar, por eso me fui. Y ella me preguntó: Si vos sabías, ¿pensás que él no?

Sin embargo, cuando el Potro me recordó: Vos me enseñaste a atarme los cordones, la flor quebrada dentro de mí me susurró: Una vez hiciste algo por uno. Es verdad, pensé, le mostré cómo atarse los cordones. Fue con una imagen simple: Un cordón doblado es una orejita de conejo, el otro cordón doblado es como una orejita también. Después una acción un poco menos sencilla: apoyás una orejita sobre la otra como una cruz. Pasás la oreja de arriba por debajo de la otra y tirás. Así se fabrica un moño.

Espero que algún día, cuando necesite trabajo, él pueda decir: Sé atarme los cordones, y su futuro patrón lo abrace con alegría. Y que cuando los chicos del barrio le pasen la bolsa él diga: Sé atarme los cordones, y los chicos le respondan: Perdonanos, ni sabíamos. Y que cuando su novia dé a luz, él diga: Sé atarme los cordones, y todas sus cosas sean hechas nuevas para siempre. También sería muy bueno que, cuando su hijo lo haga enojar, él se arrodille, le agarre los cordones y le muestre: Primero una orejita de conejo, después la otra. Las cruzás en cruz. Hacés la parte difícil que es pasar una oreja por debajo de la otra y tirás.

Ahora nada sabemos ni tenemos maneras de saber. Nadie sabe el poder de un nudo bien hecho. Un moño es un nudo, solo que hecho con belleza.

Desde la altura de su vuelo, las torcazas en bandada divisan las calles de tierra trazadas con intuición al costado del río. Una de ellas reconoce al niño que galopa sobre su yegua blanca, con su perro a un costado esforzándose por no perderles el paso. Lo reconoce y se desprende de sus compañeras para descender hasta él a saludarlo. Ubicar el vuelo a su lado. El niño lleva puesta su capa negra y su antifaz. Juega a que escapa y a que persigue. Estira su sonrisa compradora ante el pájaro y latiga la soga sobre la yegua. Apura la carrera hasta perderlo. Sigue al costado del río, pasa por debajo de los árboles que manchan con luces y sombras su piel. Lleva por disfraz el traje que tomó a principio de semana, trepándose por el techo, entrando por una de las lastimaduras a la chapa del viento. Su capa se sacude como una bandera y este niño endereza la espalda para merecerla. Se divierte toda la tarde con estas cosas, que no está seguro si las robó porque siente: Son mías. Pero sabe que cuando llegue la tarde, por amor a esta su escuela y a su maestra, irá a devolverlas. Los otros lo acusarán: Te vimos entrar y salir. Algo confuso que terminará en una gran pelea donde salvará al animal que ahora monta con fuerza. Después pasarán otras cosas, pero de nada sabe todavía. Es solo un niño hermoso que corre contra el viento, junto al río y lleva dentro de sí un corazón conforme a toda su belleza.

Agradecimientos

A Adela, por la alegría de su amor.

A Acheli, Nadia, Marie, Dai, Maga, Panda y Chino, por cada vez que peguntaron: ¿Cómo estás?, y escucharon con generosidad y paciencia.

A Carmen y Oscar, por mostrarme la luz de una nueva estrella.

A Ana Laura, por abrazar esta historia desde un principio. Ser parte de la compañía con el brillo de su inteligencia.

A Magda y a Seba, por invitarme a escribir a Las Dos Marías, Aos Residencia Rural.

A Fernanda, por su confianza para cuidar el taller Belleza y Felicidad Fiorito durante un largo tiempo.

A Mayra, Carlita, Christopher, Cristina, Rodrigo, Andrea, Rocío, Leo, Ludmila, Checho, Nestor, Mayerly, Rebecca, Sasha y Nadia; quienes me dejaron ser su maestra y cambiaron mi vida para siempre.

Al Tata, que dejó una herida dulce en nuestros corazones.

MAPA DE LAS LENGUAS UN MAPA SIN FRONTERAS 2024

RANDOM HOUSE / CHILE
Tierra de campeones
Diego Zúñiga

RANDOM HOUSE / ESPAÑA
La historia de los vertebrados
Mar García Puig

ALFAGUARA / CHILE
Inacabada
Ariel Florencia Richards

RANDOM HOUSE / COLOMBIA
Contradeseo
Gloria Susana Esquivel

ALFAGUARA / MÉXICO
La Soledad en tres actos
Gisela Leal

RANDOM HOUSE / ARGENTINA
Ese tiempo que tuvimos por corazón
Marie Gouiric

ALFAGUARA / ESPAÑA
Los astronautas
Laura Ferrero

RANDOM HOUSE / COLOMBIA
Aranjuez
Gilmer Mesa

ALFAGUARA / PERÚ
No juzgarás
Rodrigo Murillo

ALFAGUARA / ARGENTINA
Por qué te vas
Iván Hochman

RANDOM HOUSE / MÉXICO
Todo pueblo es cicatriz
Hiram Ruvalcaba

RANDOM HOUSE / PERÚ
Infértil
Rosario Yori

RANDOM HOUSE / URUGUAY
El cielo visible
Diego Recoba